# 仮想真実

小 杉 健 治

JN031575

朝日文庫

本書は書き下ろしです。

# 仮想真実　目次

# 仮想真実

# プロローグ

ひんやりと肌寒い無機質な部屋の中で、ふたりの男が向かい合って座っていた。ひとりは二十代半ばの中性的な顔立ちで、もうひとりは痩せた年輩の男だ。

若い方は水田《みずた》佳《けい》、もうひとりは父の一雄《かずお》だ。

父はひと回り小さくなった気がする。今年、六十五歳になるが髪は豊富で、そのぶん白髪が目立っていた。

「もう二十七歳か」

父が呟《つぶや》いた。

「誕生日プレゼントありがとう」

水田は礼を言った。

今年も誕生日に自宅のマンションにドイツ製のボールペンが届いていた。五千円くらいのものだが、父にとっては痛い出費であるはずだ。それなのに、毎年それくらいの値段の物を選んで送ってくれる。

「毎年似たような物だから気に入らないかもしれないが」

「いや、嬉《うれ》しいよ」

「昔、軽井沢に行って、家族三人でお祝いしたな」

父が遠い目をした。

「十六年前だよ」

その時の光景が、水田の脳裏に浮かんだ。暖かみのある木目調の内装のコテージで、家族三人で丸テーブルにつき、バースデーソングを歌い、ホールケーキの十一本の蠟燭《ろうそく》に灯《とも》された火を消した。

「また軽井沢でやれればいいな」

父は目を細めた。

「きっと出来るよ」

水田は励ますように言った。

「この間、母さんが会いに来なかったんだ」

父が寂しそうな顔になった。

「仕事で忙しいみたいだよ」

水田はそう言い訳をした。

一週間前、母はめまいがして病院に運ばれた。検査の結果、何ともなかったが、以前にも循環器系の病気で倒れたことがあった。

「でも、今までそんなことなかったじゃないか」

「やっと正社員になったみたいだ。だからじゃないかな」

水田は今朝母からきいたことを思い出して言った。

「正社員か。よかったな」

父の顔色が急に明るくなった。

母は近所の弁当屋で働いている。父と別々に暮らすようになった後、そこで働いて十年になる。元々キャリアがなかったせいもあるが、ある事情から母を正社員で雇ってくれる会社などなかった。

「一緒に働いているひとが辞めて忙しいみたいだ」

水田は答えた。

「一緒に働いているひとって、近所の自転車屋さんの奥さんだったっけ？」

「そう、とっくに自転車屋さんは閉店したけど」

「そうなのか」

「あそこのご主人が数か月前に亡くなったんだ。それで、息子夫婦のところに引き取られるそうだ」

「亡くなったご主人もお前たちには良くしてくれたみたいだったな」

父は自転車店の店主に一度も会ったことがない。水田は父に生活のすべてを事細かに話していた。

「お前や母さんにも辛《つら》い思いをさせたが、ちゃんとやっていけているので安心した。そうだ、来月は結婚記念日だ。何か贈り物出来たらいいんだけど」

「俺が父さんの代わりにあげておくよ。何をあげたら喜ぶと思う？」

「弁当屋の仕事で手が荒れるだろうから、ハンドクリームとかがいいんじゃないか？　それとも、映える色の口紅とかあげてどこか洒落《しやれ》たレストランにでも連れていってやるのはどうだ？　いつも地味な口紅しかつけていないから」

父は真面目な顔で話した。

「そうだね。参考にしてみる」

水田は答えた。母の日や誕生日には薔薇《ばら》の花を贈っているが、それ以外は何もしていない。父からだと贈ってやれば喜ぶだろうと思っていた。

「母さんを大事にしてくれよな」

父がそういうことを言うのは珍しかった。そういえば、どことなく元気がなさそうだ。

「そうするよ。あの件については今もやっているから、気を落とさないで」

「いや、いいんだ」

「え？」

「もう無理するな」

父は儚《はかな》い笑みを浮かべた。

水田は何とも言えないいたたまれない気持ちになり、

「父さん」

と声をかけたとき、ドアがノックされた。

「もう時間だな。また来てくれ」

父が終わらせた。いつもと様子が違う。

「じゃあ」

水田は手をかざして無機質な部屋を出た。

それから、建物の外に出ると、春の暖かい風が吹いていた。高い壁の向こうから、桜の花びらが舞い込んで来た。

門をくぐって、外に出ると満開の桜並木が続いていた。その道をしばらく進んで、水田は後ろを振り返った。

東千葉刑務所は寒々と聳《そび》え立っていた。

# 第一章　ストーカー

## 1

吉高《よしたか》りさ子は打ち合わせが終わって所属している池袋にある芸能事務所を出た。

もう外は暗く、顔を赤らめて大声で話すサラリーマンたちや居酒屋のキャッチの若者たちとすれ違いながら、池袋駅に向かって歩いた。

芸能事務所は繁華街の少し先にあるので、どうしてもそういう人たちの中をくぐっていかなければならない。時には、キャバクラで働きませんかと声を掛けられることもある。

駅に着いてから携帯電話を取り出し、

「あと十分もあれば着く」

と、恋人の梶塚修一《かじづかしゅういち》にメッセージを送った。

彼とは付き合って四か月になる。年齢は二十四歳、現在帝都《ていと》大学の大学院生で、社会学を専攻している。また、ある有名政治家の事務所でアルバイトをしており、環境保全や動物愛護などの運動にもボランティアとして参加している。

混雑している大きな駅構内を歩き、丸ノ内線の改札口を通ってホームまで行くと、電車の発車ベルが鳴っていたので急いで飛び乗った。

りさ子は両隣に誰も座っていないところに腰を下ろして、携帯電話を確認した。

「白ワインを冷やして待っている」

と、返信が来ていた。

ここ一か月ほど、忙しくて修一と会えていなかったので、話したいことが積もるほどある。舞台のオーディションに受かったことを特に修一に伝えたかった。

修一から続けて、

「愛している」

というメッセージが来たので、思わず顔がほころんだ。

小、中学生のときに父親の仕事の関係でイギリスに住んでいたらしく、いつも紳士的な扱いと情熱的な言葉をかけてくれる。

修一のことを考えると、胸に希望が広がる。頭の片隅には別のことで不安があるが、それも修一と会っているときには忘れさせてくれる。

りさ子は二駅先の茗荷谷《みょうがだに》の駅で降りた。

改札を出て、春日《かすが》通りを播磨坂《はりまざか》に向けて歩いた。

五分足らず歩くと、播磨坂までたどり着いた。坂上の小石川五丁目の交差点を左に曲がった。

この時間帯、春日通りには車の往来が多いが、播磨坂には車も人もあまりいなかった。

りさ子は春日通りから播磨坂を下り、一本裏の細い道に入った。

その時、目の前に影が過《よぎ》った。

びっくりしていると、目の前にはパーカーを着た坊主頭の高身長で筋肉質の男が立っている。

栗林大樹《くりばやしだいき》だった。

「ようやく見つけたよ」

栗林はにたっと笑った。りさ子は一か月前に東日本橋の実家から小石川に引っ越したばかりであった。

全身鳥肌が立った。慌てて踵《きびす》を返したが、栗林は回り込んできた。

「逃げるなって」

栗林の不気味な声が耳に障る。

「人を呼ぶよ」

りさ子はきつく言い、携帯電話を取り出した。

次の瞬間、りさ子の手は思い切り摑《つか》まれた。

「放して」

りさ子は必死に振りほどこうとした。

しかし、栗林は無言で手に力をかけてくる。

あまりの痛さに呻《うめ》くが、助けを求める声は出せない。

あがいているうちに、りさ子の手に力が入らなくなった。

「人を呼ぶって、あの男を呼ぶのか」

栗林がりさ子から携帯電話を取り上げた。

「返して」

「ちゃんと答えろ」

「……」

「早くあの男と別れるんだ」

栗林は抑揚のない喋《しゃべ》り方で言い、もう片方の手で携帯電話をいじっている。普段から
パスワードを掛けてロックしてあるが、栗林はそのロックを解除していた。

「あいつの誕生日だってすぐにわかる」

栗林は小馬鹿にしたように言った。

りさ子は隙を狙って、手を振りほどき、携帯電話を奪い返そうと思った。以前、柔道をやっていた修一から護身術を教わったことがある。

しかし、栗林の力は強く、手を動かすことも出来なかった。

周りには人がおらず、しんとしている。

「俺はどこまでもりさ子を追いかけていく。あんな男に渡さない」

栗林は耳元でそう囁《ささや》いて、携帯電話をズボンの後ろポケットにしまった。

「返して！」

「……」

「俺のことを愛していただろう？」

栗林が薄気味悪い顔で言った。

「何度も愛しているって言ったじゃないか」

「……」

「愛していたんだろう」

栗林の生ぬるい息が頬にかかった。

「これ以上しつこくすると警察に言うからね」

りさ子は声を上げた。

「警察は相手にしてくれなかったんだろう」

「……」

「何度も言うけど、あの梶塚はロクでもない男だ。あの男のために何人もの女が泣いている。あいつは悪魔なんだ。いくら言っても聞いてくれないなら、もうこれまでだ」

男は憎むような口調で言い、片方の手をパーカーのポケットに突っ込んだ。

次の瞬間、鋭く短いものが見えた。

「何するの！」

りさ子は叫んだ。

「一緒に死のう」

手がぐっと引っ張られ、りさ子の喉元に刃物が突きつけられた。

「やめて」

叫ぼうとしたが、声が出なかった。

「あの世で一緒になろう」

栗林は刃物を振りかざした。

その時、白い光が目に入ってきた。播磨坂の下から自転車に乗った小太りの若い巡査が上って来た。

「お巡りさん」

りさ子は縋《すが》りつくように声をかけた。

途端に、栗林が手を放した。

りさ子は巡査に駆け寄った。

「どうしましたか」

驚いた顔つきの巡査は自転車を停めて降りた。

「この人、私に刃物を突きつけてきたんです」

りさ子は栗林に向かって指を差した。

「本当か」

巡査が栗林を睨《にら》む。

「いえ、違うんです。単なる口喧嘩《くちげんか》ですよ」

栗林はさっきの口調と打って変わって、陽気な手振りを交えて話した。栗林の手には刃物はなくなっていた。

「本当に殺されそうになったんです。携帯電話も盗《と》られました」

りさ子は巡査に早口で訴えた。

「いえ、そんなことしていません」

すかさず、栗林は否定した。

「ちょっと、チェックさせてもらうよ」

巡査は栗林に両手を上げるように指示した。

栗林は文句を言わずに従った。

巡査が両手で服の上から軽く叩《たた》くようにして上半身から触り、靴のつま先までチェックした。

「何もありませんよ」

巡査が首を横に振って、りさ子を見た。

そして、「ん？」と目を細めた。

何だろうと思っていると、

「足元に携帯が落ちていますよ」

巡査が指で示した。

目を落とすと、自分の携帯電話があった。りさ子はすぐに拾った。

「さっき、この男が放り投げたんだと思います。ナイフも近くに落ちているはずです」

りさ子が決めつけて言った。

巡査は辺りを見回していた。

「お巡りさん、彼女ちょっとヒステリックで、興奮するとおかしくなるんです」

栗林が顔をしかめて、巡査に訴えた。

巡査は栗林の言うことに納得しているのか、軽く頷《うなず》いている。

「本当にこの男が刃物を突きつけてきたんですよ！」

りさ子はもう一度大きな声で訴えた。

「でも、刃物もありませんよ」

巡査は探すのをやめていた。

「どうして信じてくれないんですか」

りさ子は話が通じなくて腹が立った。

「わかりました。とりあえず、私があなたのご自宅まで送っていきますので。それならいいでしょう」

りさ子はこれ以上何を言っても通じないと思い、渋々承諾した。だが、栗林が後ろからマンションの場所を確かめるために付いてくるのではないかと考え、

「こっちです」

と、わざと遠回りしてマンションについた。その間、ちょくちょく後ろを振り返ってみたが、栗林の姿は見当たらなかった。

「ありがとうございました」

りさ子は大して助けにならなかった巡査にとりあえずお礼を言った。

「まあ、あなたも落ち着いて。何かあったら警察に連絡ください」

巡査が親切に言った。

りさ子はマンションに急いで駆けこんだ。鍵を素早く取り出し、急いでエントランス

を入った。

エレベーターは一階に止まっていて、すぐに乗り込んだ。

三階でエレベーターを降りると、駆けこむように自分の部屋の扉を開けて中に入った。

ヒールを脱いで、スリッパを履き、廊下を通ってダイニングに向かった。

「遅かったね」

食卓でパソコンを広げていた修一が顔を上げた。

「ごめんね、待たせて」

りさ子は謝った。壁にかかった時計を見ると、りさ子がさっきメッセージを送ってから一時間近く経《た》っている。

「何かあったのか」

修一がきいた。

「ううん、ちょっと急な電話が掛かってきて」

「電話?」

「そう」

「仕事の電話?」

「そうだよ。ちょっと、着替えてくる」

りさ子はリビングを出て、クローゼットのある部屋に行った。そこで、仕事着から私服に着替えていると、修一も部屋に入って来た。

「腕のところ赤くなっているけど」

修一が近づいてきた。

「ちょっと、イベントの仕事で打ち付けちゃって」

りさ子は言い訳をしたが、少し無理があると思った。だが、もう口に出してしまったので撤回することは出来ない。修一に栗林からストーカー被害に遭っていることを知られたくなかった。

「でも、暗い顔をしているよ」

修一が心配そうな顔をする。

「本当に何でもないの」

「りさ子のことなら、隠してもわかるよ。何があったんだ」

「ただ、何となく疲れちゃっただけ。さあ、ご飯食べよう」

りさ子は修一にキスをして、リビングに向かって歩き出した。

「それより、聞いて！」

リビングに入ると、りさ子は急に切り出した。

「仕事でいいことがあったの。何だか当ててみて」

「そうだな、映画の出演が決まったとか？」

「惜しいけど違う」

「じゃあ、好きなバンドのプロモーションビデオとか？」

「それも違う」

「わかった、舞台だな」

「そうなの。舞台のオーディションに受かったの」

りさ子は弾んだ声で言った。

「おめでとう。どういう舞台？」

「ヨーロッパの歴史物なの」

「じゃあ、華やかなドレスを着て出るんだね」

「うん」

りさ子はマリーアントワネットの役をやりたいと修一に話していた。いつかはそういう役をしてみたいが、その舞台に立てるだけでも楽しみだった。

「すごいな」

修一は感心するように言って、キッチンに行った。

その間、仕事用に使っているフリーアカウントのメールを確認してみると、知らないメールアドレスから一通届いていた。何だろうと思って開いてみた。

『愛してるよ』

悪寒がした。

栗林に違いない。

慌ててそのページを閉じ、携帯電話をしまった。

「お待たせ」

修一の甘い声と共に、いい匂いが漂ってきた。そして、サラダ、生ハム、オリーブ、オニオングラタンスープ、鶏《とり》のグリルなど食卓いっぱいに食べ物が運ばれて来た。

「こんなに作ってくれたの？」

「買ってきたものもあるけど、大体はね」

「ありがとう。嬉《うれ》しい」

りさ子が答えた時、インターホンが鳴った。

「俺が出るよ」

修一がダイニングの入り口近くの受話器に向かった。

モニターを見て、

「誰だ、このひと。宅配便じゃないな」

と、通話ボタンを押した。

「はい」

修一が語尾を上げてきいた。

「りさ子はどこだ」

受話器を通して、聞き覚えのある声が聞こえた。りさ子は慌てて立ち上がり、修一に近寄った。

モニターには坊主頭の若い男が映る。

りさ子はすぐにモニターを消した。

「誰なんだ」

修一は訝《いぶか》しい目を向けてくる。

「間違いじゃないかな」

りさ子は惚《とぼ》けて、修一と一緒にダイニングテーブルに戻った。だが、修一の疑うような目は消えなかった。

「りさ子はどこだって恐ろしい顔で言っていたけど」

「修一の聞き間違えじゃないの」

「いや、確かにそう言っていた」

その時、再びインターホンが鳴った。

また栗林が映っている。

りさ子は応答しなかった。

「この男は君の知り合いか」

修一が不審そうにきく。

「いや……」

りさ子は口ごもった。

修一の目が厳しかった。またインターホンが鳴る。もう正直に答えるしかないと観念した。

「昔付き合っていた男なんだけど、修一に嫉妬しているみたいでしつこいの」

りさ子は恐る恐る告げた。

「多分。別れろってしつこく言ってくるの」

「俺に嫉妬?」

「迷惑な奴《やつ》だな」

修一は舌打ちをした。

「心配させたくなくて黙っていたの。ごめんなさい」

りさ子は謝った。

「いや、いいんだ。俺がこいつを何とかする」

修一は力強く言った。

その時、再びインターホンが鳴った。

修一は勇み立って、通話ボタンを押した。

「おい、りさ子を出すんだ」

栗林がモニター越しに怒鳴っている。

「警察を呼ぶぞ」

修一は普段りさ子の前では出さないような低い声で脅した。

「梶塚修一、帝都大学大学院社会学研究科在学、住まいは東京都文京区湯島、同じ大学の准教授を妊娠させて……」

栗林が続けようとしたが、修一はインターホンを切った。

「なんだ、こいつ。ちょっと行ってくる」

修一は飛び出して行こうとした。

「待って」

りさ子が止めた。

「痛い目に遭わさないとああいう奴はわからない」

修一の憤りが目に見えた。

「あの男はナイフを持っていたから警察を呼ぼう」

りさ子は一一〇番を押した。

「そうだな」

修一も頷いた。

電話をしてからすぐに、「事件ですか、事故ですか」という男性の低い声が聞こえてきた。

「ストーカーが家に押しかけてきたんです。マンションに入らせてはいないのですが、近所にまだいるかもしれないです」

「近くの交番から、すぐに向かいます。ご住所を教えてください」

「はい」

りさ子は自分の住所を答えた。

それから、名前と連絡先を教えて、電話を切った。

「私のせいで、ごめんなさい」

りさ子は修一に頭を下げて謝った。

「何言ってんだ、りさ子のせいじゃないよ。あとは警察が何とかしてくれるだろう。さあ、食べよう」

ふたりは気分を変えて食事を始めたが、りさ子は栗林のことが気になって食事が喉を通らなかった。

2

広尾《ひろお》の有栖川《ありすがわ》公園の近く、日本基督《キリスト》教団の教会の隣にあるレンガ造り二階建ての洋館の窓に西陽《にしび》が差し込んでいる。ここは戦前にドイツ人の外交官が住んでいた家を改築して昼はカフェ、夜はレストランとして営業している。春を過ぎると門から玄関までの間にある芝生の庭にはテラス席が現れる。そこで結婚式を行う新婚夫婦もいる。

りさ子は窓からテラスを見ながら、紅茶を飲んでいた。

ちょうど、結婚式にでも流れていそうな煌《きら》びやかで、優雅なピアノのクラシック音楽がフロアを包んでいた。

「りさ子、もう結婚式のこと考えているんでしょ?」

目の前にいる大学生の時から親友の木南《きなみ》結衣《ゆい》がいたずらっぽくきいた。

「まだ結婚なんて」

りさ子は首を横に振った。

「だって、彼とはいい感じなんでしょう」

「まあ、そうだけど。まだ女優の仕事も続けたいから」

「彼なら続けさせてくれるんじゃないの?」

「でも、彼にその考えがあるかわからないし……」

りさ子はチーズケーキを口にした。普段、こんなに高価なカフェに来ることはないので、少々戸惑っている。

「何かぎこちないわよ」

「だって、普段こんな高いところに来ないし」

「いいじゃない。結婚式挙げるなら、ここがいいんじゃないかなと思って誘ったのよ。私の奢《おご》りなんだから遠慮しないで。それに、修一くんは結婚も考えていると言っていたわよ」

「え、いつ言っていたの？」

「りさ子が修一くんに会わせてくれたとき。りさ子がトイレに行っている間に、こっそりきいてみたの」

結衣にはすでに修一を紹介していた。普段男を見る目が厳しい結衣でも、修一には何の文句も付けなかった。まさか、自分がトイレに行っている間に、修一がそんなことを結衣に話しているとは知らず、

「そうだったんだ」

と、思わず顔をほころばせ、

「それより、聞いて。出たかった舞台に出演することが決まったの」

「え、本当？　よかったね」

「だから、いま結婚のことは考えられないの」

「じゃあ、結婚はしばらく先になるのね？」

結衣がティーカップを口に持って行きながらきいた。

「彼はまだ大学院生だし。彼がちゃんと就職してからの話よ」

りさ子は冷静に言った。

「でも、修一くんは将来有望じゃない。それに、お父さんは会社の社長なんでしょう」

結衣はあっけらかんと言う。

「そうね……」

りさ子は考えるようにして頷いた。自分の恋人の能力を疑っていない。それどころか、むしろ将来大物になると信じている。そういう男と付き合える自分を少し誇らしく思っている。

「修一くんは将来何になるつもりなの？」

「政治家の選挙事務所で働いているし、政治家になりたいんだと思うんだけど、どうなんだろう」

「本人にきいていないの？」

「きいたけど、自分は政治家向きじゃないって言うからわからなくって。最悪、お父さんの会社を継げばいいみたいなことを言っているけど」

「まあ、選挙に出る芸能人は最初は出ないと言っておいて、結局は出るじゃない。修一くんもそうかもよ」

「そうなのかな」

「そしたら、りさ子は国会議員の奥様だね」

「私の器じゃないね……」

りさ子はまんざらでもない気持ちで答えた。

「旦那が政治家っていいじゃない。末は総理大臣になるかもしれないんだよ」

「ちょっと待って、まだ政治家になりたいかどうかもわからないからね」

「でも、妄想するのは楽しいじゃない。政治家じゃなかったら、何だと思う?」

「そうねえ、社会学者にでもなるのかな」

「それもいいわね。大学教授で、テレビにも引っ張りだこっていうのもそそられる」

結衣は饒舌《じょうぜつ》であった。

「私は彼と平凡な生活が送れればいいの」

りさ子は冷静に答えた。

「うそ、平凡な生活を送りたいひとが女優なんかにならないでしょう?」

結衣は目を細めて言った。

「女優でテレビや映画に出て、たくさん売れようとなんか思っていないもの。ただ好きな芝居を続けていけたら幸せだなと思って」

りさ子は真面目に答えた。

「へえ、そうなんだ」

結衣が羨ましそうな顔をして、

「りさ子は幸せだよ。私なんかに比べて、ずっと」

と、ぽつりと言った。

「どうして？　結衣だって幸せでしょう？」

「最近分からなくって。結婚当初は家にいるだけなんて楽だなと思っていたけど、実際は結構大変なの。子どもがいないだけまだいいけど、うちの旦那は潔癖症だから掃除や何やらうるさいじゃない」

いつもの愚痴が始まった。

「旦那が休みの時には、家にずっといるから落ち着けないの。お金がなくても、好きな仕事をして、自由になりたいな」

結衣は羨ましそうな目をりさ子に向けた。

「幸せなのかな、私」

りさ子は独り言のように言った。

「そうだよ。私も仕事探してみようかな」

「仕事って？」

「何でもいいの。スーパーのレジでも」

「結衣に耐えられないでしょう」

「でも、素敵な出会いがありそうじゃない？　イケメンの大学生とか」

結衣は笑って言ったが、あながち冗談ではなさそうだ。

出会い系サイトに登録もしているらしく、ただ目の保養のためだとは言っているが、もし旦那にバレたらどうなるんだろうとも思った。

「今の家庭を壊したくないでしょう」

りさ子はそう言ったあと、ケーキの残り一切れを食べた。

「そこが問題よね」

また結衣が、また冗談とも本気とも取れない口調で言った。

ウェイターが皿を下げにやって来た。

それからも恋愛話の続きをしていると、突然りさ子の携帯電話が鳴った。

表示画面には、修一と出た。

メッセージは頻繁に送ってくるが、緊急の用でない限り、あまり電話をかけてこないので急に不安感に襲われた。

「出ていいよ」

結衣が勧めた。

「ありがとう。ちょっと、ごめんね」

と、りさ子は立ち上がり、ナプキンを椅子の上に置いてトイレに向かった。

婦人用のトイレに入ると、洗面台の上にスピーカーがあり、優雅なクラシック音楽が流れていた。個室が四つあり、いずれも使用されていなかった。りさ子はそのうちの一つに入って、修一に折り返しの電話を掛けた。

「もしもし、修一。どうしたの？」

「あいつは大丈夫か」

「あいつって栗林のこと？」

「そうだ」

「今日は待ち伏せされたりも、付きまとわれたりもしていないよ」

「そうか、ならよかった」

修一が安心したように言った。

「何かあったの？」

りさ子はきいた。

修一が急に電話をかけてくるのは珍しい。

「いや、特に何もないけど。警察は何もしてくれなそうだし、心配になって」

「そうだね。警察はどうして動いてくれないんだろう」

りさ子は同調した。

「今日、りさ子の家に行ってもいいかな」

修一がきいてきた。

「うん、いいけど。今日は論文を書くのに忙しいんじゃなかったの？」

「昼間にかなり進んだから、時間が出来たんだ」

「そうだったんだ。じゃあ、私もすぐに帰るね」

「結衣さんとお茶しているんでしょう。俺のことは気にしないで、楽しんできて」

「でも、もうそんなに時間かからないと思うから」

「そうか。じゃあ、またな」

話がまとまってから、りさ子は電話を切った。

トイレの個室を出て、洗面台に行ったとき、

「ねえ、ストーカーの被害に遭っているの？」

と、後ろから声を掛けられた。

鏡越しに、長い黒髪で切れ長の目が特徴的な背の高い女性がいた。さっき、奥の席で男性ふたりと食事をしていたひとだと思った。

「あ、はい」

りさ子は相手が何を言いたいのだろうと思った。

「警察は動いてくれないんだって？」

「まあ、そうですね」

「もう弁護士には相談したの？」

女性はりさ子が戸惑っているにも拘《かか》わらず、話しかけてくる。

「いえ」

りさ子は軽く首を横に振った。

「弁護士に相談した方が色々手立てがあるわ。ストーカーは刑事でも民事でも訴えることが出来るの。もしよかったら、相談して」

そう言って、相手は名刺を渡してきた。

りさ子は両手で名刺を受け取り、『鉢山《はちやま》法律事務所　鉢山薫子《かおるこ》』という文字を見た。

「いつでも助けになるわ」

そう言い、薫子はトイレの個室に入った。

りさ子はトイレを出た。

席に戻ると、

「そろそろ帰ろうか」

結衣が小さなハンドバッグを手にしてきいた。

「うん」

りさ子はそう答えて、さっき貰《もら》った名刺を自分のハンドバッグにしまおうとした。

「それ何？」

結衣がきいた。

「あそこの奥の席にいた女性の名刺なの。弁護士みたいで」

「弁護士？　どうして、弁護士の方の名刺なんか」

「この間言っていたストーカーのことでね。ちょっと電話で彼とその話をしていたのを聞かれて、何かあったら連絡してって言われたの」

「ストーカーって元彼の栗林でしょう？」

「うん」

「まだ、止《や》めないんだ」

「段々エスカレートしていっているの」

「えっ、今日は大丈夫？　いまも外で待っているんじゃない？」

「今日はここに来るときにもつけられていなかったから平気」

「そう、心配だから私がお家《うち》まで送って行くよ」

結衣が気に掛けてくれた。

「方向が違うからいいよ」

りさ子は断った。

「でも、りさ子が心配だから」

「うーむ」

「ね、そうさせて」

結衣はりさ子に促した。

りさ子は一人で帰ることもできたが、結衣に甘えることにして席を立った。

3

りさ子が目を覚ますと隣には修一がいた。カーテンの隙間から朝陽が降り注ぐ。小鳥のさえずりが聞こえてきた。

りさ子が修一をしばらく見つめていると、修一が目を開けた。

「おはよう」

りさ子が声をかけると、

「んー、おはよう」

と、伸びをしながら修一は答えた。

昨日、りさ子が家に帰ってから二時間くらいしてから修一がやって来た。

りさ子はカーテンを開けた。

「いま何時？」

ベッドから抜け出た修一がきいた。

「もう八時よ」

「今日はお昼にお父さんと会うんだっけ?」

修一が確認してきた。

「そう」

りさ子は寝室を出て、リビングを通りキッチンに向かった。修一は朝に弱いので、泊りのときはりさ子が朝食を必ず作る。目玉焼き、トースト、コーヒーといったありきたりなメニューだが、修一のために料理教室やコーヒーセミナーにも通った。

湯を沸かしながら、豆を挽《ひ》いた。そして、ドリップコーヒーを淹《い》れていると修一がやって来た。

修一はマグカップに注がれた熱いコーヒーに口をつけた。

「ねえ、お父さんに修一のこと話してもいいかな?」

りさ子は不意に思いついた言葉を発した。

「え?」

修一は驚いたようにマグカップから口を離した。

「だめ?」

りさ子は首を傾《かし》げた。

「いや、いいよ。今までそんなことを言わなかったから、びっくりしたんだ」

「たしかに、そうだったね」

「前はお母さんに会わせたいって言っていたけど、どうなったの？」

「もういいの」

りさ子は修一の顔を見ずに答えた。

それから、冷蔵庫から食材を取り、フライパンに油をひいて温めた。その間に修一は食パンをトースターに入れて、ダイニングテーブルに座った。

ダイニングテーブルには修一のパソコンが置いてある。修一はパソコンを開き、タイピングしながら、

「最近、お母さんの話をまったくしなくなったな」

と、言った。

「そう？」

卵を割ってフライパンに落とした。

「喧嘩でもしているの？」

「別にそうじゃないけど……」

りさ子は曖昧に答えた。まさか、修一のことを母に反対されているとは言えない。

「それならいいけど」

修一はりさ子の心を見破っているのか、どこか訝しそうに答えた。

りさ子はフライパンの上で出来た目玉焼きを皿に載せて、ダイニングテーブルに移動した。ちょうど良いタイミングでトーストも出来上がった。

「そういえば、昨日名刺を貰った弁護士って結構活躍しているひとみたいだな」

修一がパソコンのネット記事を見せてきた。

「本当だ、鉢山さんの記事だ」

そこには、薫子が特集されているある雑誌のウェブ版の記事が載っていた。

りさ子はその記事に軽く目を通してから、

「さあ、食べよう」

と、促した。

修一はパソコンを閉じた。

ふたりは朝食を摂り始めた。

りさ子は、日比谷線の東銀座駅で降りた。

地下から歌舞伎座の下まで行き、そこからエスカレーターで地上に出た。りさ子は歌舞伎座裏に足を進め、昔ながらの趣のある寿司《すし》屋ののれんを掻《か》き分けて入った。八席のカウンターしかない店で、年輩のビジネスマンで混んでいた。

「いらっしゃい」

と、四角い顔の大将は肩を振りながら握っていた。

りさ子は空いている奥の席に向かい、

「お待たせ」

と、肩からバッグを下ろして、テーブルの下に置いた。一番奥の席にいるラペルが広く、肩パッドが厚い古臭いスーツを着た白髪混じりのリーゼントの父、仁志《ひとし》が振り向いた。

「おう」

父は声を掛け、りさ子のために椅子を引いた。

「ありがとう、お父さん」

りさ子は席についた。

カウンターの上には昼のメニューが置いてあり、松竹梅と三種類あった。下から三千円、四千円、五千円となっている。

「松のコースにするか？」

父がきいた。

「梅のコースで」

りさ子は父の懐事情も考えて言った。タクシー運転手で、そこまで給料も高くない。

「遠慮しなくてもいいんだぞ」

父はそれでも見栄《みえ》を張って言った。

「ううん、松のコースだと多いだろうから」

「そうか」

父はカウンターの中にいる大将に、

「梅のコースをふたつで」

と、言った。

大将は小さく返事をしてから包丁を握り、木箱の中からネタを取り出した。

「最近、調子はどうだ」

父がりさ子に微笑《ほほえ》みかけた。最後に会ったのは今年の一月であった。いつもこの寿司屋で会うことになっている。

「舞台のオーディションに受かったの」

りさ子が笑顔で報告した。

「そうか、よかったな」

父が声を弾ませて言うと、小肌がつけ台の上に出された。りさ子は箸でつまみ、醤油《しょうゆ》を少し付けて口に入れた。

「俺も観《み》に行っていいか」

父が嬉しそうにきいた。

「もちろん」

「あいつも観に来るのかな」

父が考えこむような顔をした。

あいつと言う時は、大抵りさ子の母である。

「どうだろう。まだ報告していないんだ」

「どうして？　何も聞いてこないのか」

「うん、いまは一緒に住んでいないから殆《ほとん》ど話さないもの」

「そうなのか」

父はどこか寂しそうな顔をした。

「お父さんはまだお母さんに未練があるの？」

りさ子が単刀直入にきいた。

「未練か……」

父はお茶を飲みながら考えた。

両親はりさ子が十一歳のときに離婚していた。その一年前に父が経営している会社が倒産した。そこから、父は酒に溺れ、金もないのに競馬やパチンコに行って一発当ててやろうと荒《すさ》んだ生活を送るようになった。だが、そんなことで金が手に入るわけもなく、やがて母に暴力を振るうようになった。

母は父が悪いんじゃなくて、酒が悪いんだとりさ子や自分自身に言い聞かせているようであったが、それでも耐えきれなくなり父に離婚を申し出た。

父は離婚を渋っていたが、弁護士を介して離婚することになった。

それ以来、ふたりは一度も会っていない。

りさ子も両親の離婚後、父と会っていなかったが、おととし、偶然に街中で出くわした。それから、三か月に一度くらい会うようにしていた。

周りでは食事を終えた客たちが続々と帰って行き、残るはりさ子と父のみになった。

「お父さん、そろそろ行こう」

りさ子が促した。

「そうだな」

父が呟《つぶや》き、大将を見た。

「はい」

大将は小さな伝票を差し出した。六六〇〇円という数字が見えた。消費税が十パーセントにあがったせいか、以前よりも高くなっている。

父はジャケットの内ポケットから財布を取り出して会計を済ませた。

ふたりが寿司屋を出ると、暖かな春の風が吹きつけた。東銀座駅まで向かい、歩いて二分くらいで歌舞伎座前の駅出入り口に着いた。

父が下側に立ち、他愛のない話をしながらエスカレーターを下りた。

地下通路の少し先に栗林の姿があった。

りさ子は思わず栗林から顔を背けた。

父が不審そうな顔をして、

「どうした」

と、きいた。

「何でもない」

りさ子がそう言うと、栗林の姿は見えなくなっていた。

父はこれから用事があるというので、そこで別れた。栗林が追って来る様子はなかった。

4

翌日の昼前、水田《みずた》佳《けい》は東京メトロの日比谷駅で電車を降りた。人身事故の影響で遅延し、すし詰め状態の電車から出られた時にはほっとした。人の波に乗るように改札を出ると、地下通路を歩き、商業ビルの日比谷シャンテから地上に出た。

目の前に東京宝塚劇場が見える。

水田は日比谷シャンテの裏側に向かい、七階建ての雑居ビルに足を踏み入れた。

エレベーターのボタンを押す。すぐに扉が開き、中に入って七階を押した。

扉が閉まりかけた時、ちょうど二人連れのサラリーマンが駆けてきたので、開ボタンを押した。

「ありがとうございます」

サラリーマン二人は小さく頭を下げて乗ってきた。五人乗りのエレベーターなので、三人乗るだけでも息苦しい。

サラリーマンたちはタイ料理屋のある五階を押した。

「そういえば、先週、この店に来たときに一緒にエレベーターに乗ってきた女の人がすごく美人だったんだ」

ひとりが言った。

「へえ、どんな？」

「いかにも仕事が出来るようなかっこいい女性だったな。でも、気が強そうで恋人にしたら大変そうなタイプだったけど」

と、冗談めかしている。

エレベーターが五階に停まって扉が開くと、二人が頭を下げて出て行った。

その後、エレベーターは七階まで行き、水田は降りた。六十平米しかないが、一フロア全てが鉢山法律事務所であった。

「お疲れさまです」

降りてすぐの受付に座っている二十代後半で面長の女性が立ち上がって、丁寧に頭を下げた。

水田は彼女に会釈して、奥に進んだ。

JRの線路が見える窓側の席に、恰幅《かっぷく》が良く老眼鏡をかけ、白髪が混じったオールバックの男が資料に目を通している。

所長の鉢山泰三《たいぞう》だ。

彼も父と同じ六十五歳であるが、ふくよかなだけに、顔の肌も張っていて、皺《しわ》も少ないので父よりは若く見える。

「佳くん、ちょっとこの書類にサインしてくれ」

所長が水田を呼んで、書類を差し出した。

水田は所長のデスクに行き、内ポケットから父に貰ったボールペンを取り出した。

「いいボールペンだな」

所長が気付いて言った。

「父から誕生日祝いにもらったんです」

水田はサインしながら答えた。

「毎年贈り物してくれるな。それが、家族と繫《つな》がっている証《あかし》なんだろうな」

所長がしみじみと言った。

鉢山は父の国選弁護人だった。鉢山は父の無実を信じて弁護活動をしてくれた。残された家族の面倒も見てくれた。


父が逮捕されたのは、十六年前のことだった。その日の朝、朝食を摂り終わったとき、インターホンが鳴って母が玄関先に出た。

そして怪訝《けげん》そうな顔で戻ってきて、

「警察の方が」

と父に伝えた。

父が玄関に向かい、しばらくして戻ってきた。

「これから警察に行ってくる」

「どうしたの？」

「何かの間違いだ。向こうで事情を説明すればわかってくれる」

父はそう言って、出かけて行った。

それきり、父は帰ってこなかった。

父は俗に江戸川橋事件と呼ばれる殺人事件で逮捕されていた。

十六年前、東京都文京区関口一丁目に住む女子高校生が行方不明になり、二日後に神田川に架かる江戸川橋の下で遺体となって発見された。警察の調べでは、遺体の首には手で絞められたあとがあり、扼殺《やくさつ》後に神田川に死体を遺棄したとされた。

事件発生から十日後、水田の父一雄《かずお》が逮捕された。警察は近所のガソリンスタンドの防犯カメラに一雄と女子高生の姿が事件当日に映っていたことや、池袋のラブホテルの防犯カメラから一雄に背格好が似たサングラスとマスクで変装した男と女子高生が映る映像を見つけた。女子高生は普段から援助交際をしていて、一雄も援助交際で女子高生に近づき、性交渉をした後に何らかのトラブルがあり首を絞めて殺したと断定した。

父は一貫して無実を訴えていた。だが、元アマチュアボクサーで気性が荒いと見られたことや、事件当日に仕事を無断欠勤していたこと、一雄の自白があったこと、さらに被害者の衣服から検出された体液のDNAを鑑定した結果、父のものと一致するということを検察側は裁判で主張した。

だが、鉢山は警察が初めから父を犯人と決めつけた見込み捜査であり、取り調べの段階で殴ったり、髪の毛を摑んで引っ張ったりして自白の強要もしたと主張した。そして、そのことから警察のDNA鑑定もねつ造されているかもしれないので再鑑定を願い出たが、警察側はもうサンプルはないと言った。警察の不公平な捜査が挙げられたにも拘わらず裁判で無期懲役が確定し、それ以来東千葉刑務所に服役している。

水田は再審請求できるように、新たな証拠を探そうとしていたが、まだこれと言ったものは見つかっていない。

水田は自分の席に着いた。

「お疲れさま」

向かい合わせの席に座っている黒髪でストレートのロングヘアーの女性弁護士が話しかけてきた。整った顔立ちを生かすような薄いメイクで、きりっとした雰囲気を纏《まと》っている。所長の娘の薫子だ。さっき、エレベーターでサラリーマンが見かけたと言っていた女性とは彼女のことだろうと思った。

(さっきのサラリーマンの言う通り、気の強そうな感じが顔に出ているな)

水田は思わず苦笑いした。

「どうしたの?」

薫子が怪訝そうにきいてきた。

「いえ、何でもないです」

水田は慌てて首を横に振り、

「それより、薫子さん、少し疲れていますね」

「朝から忙しかったの。十時に雑誌の取材が来て、写真を撮るのに色々ポーズを決めていたから」

　薫子はため息をついた。

「あ、その取材って今日だったんですね」

「そうよ」

「どんなことを聞かれたんですか」

「請け負った事件のこととか、なぜ弁護士になったのかとか、今回はまともな取材だったわ」

「少し前に受けた取材もちゃんとしてませんでしたっけ？」

「そんなことなかったでしょう。好きな男性のタイプとか、行きつけのレストランを聞かれたじゃない」

「まあ、そうでしたね」

　水田はその時のことを思い出した。

　その時も鉢山法律事務所に記者が来て、応接室で色々と質問をしていた。水田は応接室の端で見学した。雑誌に寄せられた法律相談のハガキをインタビュアーが読んで、それに薫子が答えていた。しかし、ひと通りそれが終わると、薫子のプライベートの質問になってきた。薫子は急にそっけない態度になった。

　実際に出版されたその雑誌の記事を見ると、美人弁護士が答える法律相談という見出しに、撮られた写真を勝手に可愛《かわい》らしく加工されていた。薫子は「容姿のことを書くのはセクハラだ」と抗議の電話を入れ、後日担当者が謝罪に来た。

もう二度と取材は受けたくないと薫子は言っていたが、今回の取材は所長の知り合いの雑誌編集長の依頼だったので、所長は無理を言って薫子に取材を受けさせた。今までは相談者がそれほど多くなかったが、前回の取材後から一気に増えたからだ。

所長は金儲《かねもう》けのために仕事をしているわけではないが、ここ数年は事務所の収益がそれほど潤っていなかったので喜んでいた。

国選弁護人で東京弁護士会から貰う仕事が大半だった。しかし、国選弁護人の報酬は少なく、検察に起訴される前の被疑者国選であれば、十五万円から二十万円。起訴されたあとの被告人国選であれば、七万円から八万円である。

金額的には足りないが、所長は正義のためであれば持ちだしてでも依頼人のために弁護活動をする。

その姿勢は娘の薫子にも受け継がれていた。


一時間後、薫子に依頼人があり、打ち合わせ室で話していた。

十分ほどして、事務所の電話が鳴った。受付の女性が郵便局へ遣いに出ていて不在だったので、水田が電話を取った。

「もしもし、こちら東京拘置所ですが、鉢山薫子先生はいらっしゃいますか」

「はい、少々お待ちください」

水田は拘置所から電話となると緊急のようだと思い、電話を保留にして、打ち合わせ室へ行った。

扉をノックして入ると、八畳ほどの部屋で薫子と依頼人の女性が向かい合って話していた。依頼人は水田と同じ年ごろの整った顔立ちで、ひし形シルエットの肩くらいまで伸びた髪型であった。背筋を伸ばし、緊張した面持ちだ。

「すみません」

水田は断りを入れてから、

「東京拘置所からお電話です」

と、耳元で告げた。

「わかったわ」

薫子は頷き、

「吉高さん、ちょっと席を外してもいいかしら」

「あ、はい」

「ごめんなさいね」

薫子は席を立ち、部屋を出た。

水田はりさ子に頭を下げて、薫子に続いた。

薫子は自分のデスクに行き、受話器を取って保留のボタンを押した。

「もしもし……、え？　自殺を図った？　はい、すぐに伺います」

電話が切れると、

「佳くん、私が弁護している男が自殺を図ったの。私でなければ話ができないと言っているみたいだから、行ってくるわ」

「でも、吉高さんは？」

「代わりに話を聞いてもらってもいい？」

「構わないですけど」

「じゃあ、お願い。それで、もし彼女がよければあなたがこの案件を引き受けて」

「でも……」

水田は躊躇《ためら》った。

「私も仕事がたくさんで抱えきれないから」

たしかに、今朝から薫子宛に電話が何件も入っていた。今週は東京弁護士会の無料相談やセミナーの講師の仕事なども入っているらしい。

「わかりました」

水田はそう答えると、薫子と一緒に打ち合わせ室に戻った。

りさ子はさっきと同じく背筋を伸ばしたまま座っていた。

「吉高さん、本当に申し訳がないのだけど、急に拘置所から呼び出されたの。もしよかったら、彼に代わらせてもらってもいいかしら」

薫子が立ったままりさ子に伝えた。

「はい」

りさ子は水田を見て軽く頭を下げた。

「本当にごめんなさい」

薫子はもう一度謝ってから部屋を出て行った。

水田はさっきまで薫子が座っていた椅子に座り、

「水田佳と申します」

と、名刺を差し出した。

「吉高りさ子です」

「さきほど、鉢山の方からストーカー被害のことでご相談にいらしているとお聞きしました」

「そうなんです」

「警察も取り扱ってくれなかったんですね」

「はい」

りさ子は悔しそうな顔をしていた。

「酷《ひど》いですね」

水田はそう同情しつつ、警察に断られたというからには、実際は大したことではないのかもしれないとも考えた。桶川《おけがわ》事件など、警察がストーカーの被害者の相談に乗らずに殺されてしまった例はあるが、それ以降もストーカー殺人事件は起きている。

ストーカー殺人の場合は、相手を道連れにして自殺を図るケースが多い。

しかし、稀《まれ》に自意識過剰で実態がないのにストーカー被害に遭っているからどうにかしてくれと相談に来るひともいる。だから、ちゃんと話をきいてみないとわからない。

水田は内ポケットから小さなメモ帳と父から貰ったボールペンを取り出し、

「どのようなストーカー被害に遭っているのですか」

と、落ち着いた口調できいた。

「以前は待ち伏せしたり、付きまとったりするだけでしたが、この間、一緒に死のうとナイフを突きつけられました」

りさ子は深刻な顔をした。

「毎日そういった行為が続いているんですか」

「そうです。毎日ストーカー被害に遭っていて、引っ越ししたのでしばらくは相手に居場所を知られなかったのですが、二週間前に知られてからはまた毎日です」

「期間はどのくらい続いていますか」

「四か月ぐらいです」

「相手の男は知っている人物ですか」

「はい」

「どのような関係でしょうか」

　水田がりさ子から聞いたことをメモしながらきくと、少しの間があった。

　どうしたのだろうと目を向けると、

「昔付き合っていた男です」

　りさ子は小さな声で俯《うつむ》きながら答えた。

「なるほど。相手のことについて教えて頂けますか。名前や年齢や職業など」

「栗林大樹です。歳《とし》は私のひとつ上なので二十七歳、ＩＴ関係の会社に勤めていましたがいまはフリーターだと思います」

「どのくらい付き合っていたのですか」

「去年の四月から半年間付き合っていました」

「半年ということは去年の十月までですね」

「そうです」

「ということは、それからストーカーになるまでに二か月間あるんですね」

水田は頭の中で期間を計算しながら確かめた。

「はい」

りさ子は頷いた。

「別れるときに何か問題でもあったのでしょうか」

「いえ、問題というのはないのですが、栗林は嫉妬深いので私が厭《いや》になってしまい別れました」

「突然、栗林がストーカーをするようになったきっかけというのはご自身でも思い当たりますか」

「五か月ほど前に新しい彼が出来たので、それを知った栗林は嫉妬してストーカーをしているんです」

「なるほど」

水田は頷き、わかりやすくするために時系列を書いた。

二〇一九・四月　栗林と付き合う
二〇一九・十月　栗林と別れる
二〇一九・十一月　新しい恋人が出来る
二〇一九・十二月　ストーカーが始まる

水田はメモ帳を反転させ、りさ子に見せながら、

「こういうことですね」

と、確認した。

「はい」

りさ子はじっくり見ながら頷いた。

「栗林はあなたに新しい恋人が出来たことを十二月まで知らなかったのでしょうか」

「どうなんでしょう。まったく関わりがなかったのでわかりませんが、ＳＮＳなどを調べていれば知っているかもしれません」

「ちなみに、新しい恋人は栗林と付き合っているときに出会われたのですか」

「そうです」

「失礼ですが、その方がきっかけで別れたということではないですか」

「はい……、いえ、どうでしょう」

りさ子は躊躇った。

「好意はあったのでしょうか」

「栗林と交際しているのに疲れていた時期で、新しい彼と会っていると癒されるというのはありました。少し惹かれていたのかもしれません」

「そのことを栗林は気づいていたというのはあり得ませんか」

「やはり、気づいていたかもしれません。仕事関係でも男性とふたりきりでいると栗林は私に怒っていましたから」

りさ子は思い出しながら話しているように見えた。

「栗林は嫉妬深い性格なんですね」

「そうです」

「初めからストーカー行為は激しかったのでしょうか」

「いえ、徐々にエスカレートしてきていました。初めの一週間くらいは、偶然を装って私に近づき、いま付き合っている男は女たらしで、私が不幸になるからと忠告してきたんです。私の彼はそんなひとではありませんので、すぐに栗林は未練があって、今の彼と別れさせるためにそんなことを言っているんだなと気づき、軽くあしらっていたんです」

「なるほど」

「でも、毎日のように現れるので、ある日強く注意したんです。そしたら、三、四日くらいは現れませんでした。その代わり、私のメールアドレスや電話番号にしつこく連絡をしてきたんです。相手からの連絡を拒否しても、栗林は公衆電話や新しいフリーメールアドレスを使って連絡をしてくるんです。それを無視していると、自宅や最寄りの駅で待ち伏せして近づいてきました」

りさ子は途中から早口で喋るようになり、一呼吸を置くとまた話し始めた。

「引っ越し先を見つけられてからは刃物を突きつけられたりして、エスカレートしていったんです」

「この二週間はかなり辛《つら》かったですよね」

水田は同情した。

「はい」

りさ子は軽くため息をついた。

「吉高さんが思うに、栗林は何を求めているんでしょうか」

「私が彼と別れることだと思います」

「そうすれば、栗林はストーカー行為を止めそうですか」

「いえ」

りさ子が躊躇するように言った。

「では、どうすれば止まると思いますか」

「いくら言っても止まらないと思います。法で裁かれるくらいでないと」

「なるほど。それで、警察に行ったけど相手にしてくれなかったんですね」

「はい」

「ちなみに、警察には何回行かれたのですか」

「二回です。一回目は交番のお巡りさんに助けを求めて、二回目は警察署の生活安全部の刑事さんに相談しました」

「何と言って断られたんですか」

「まだ被害が出ていないことなので、刑事さんには証拠を持ってきてくれたら動くと言われました。なんか私が嘘《うそ》を言っているように思われていたんです」

りさ子が悔しそうに言い、

「このようなことでも弁護士さんなら動いてくれるのでしょうか」

と、縋るようにきいてきた。

「もちろんです。今までにも似たようなケースを受け持ったことがあります」

水田は大きく頷いた。

過去にストーカー事件を担当した。依頼人は二十代後半の会社員の女性で、同僚のストーカー被害に遭っていた。さらに、その同僚に襲われてもいた。被害者は会社を休むまでになったが、水田が依頼を引き受けて、ストーカーとの話し合いに立ち会うことで、相手が冷静になり、その後ストーカー行為をしないという合意書を書いた。そして、ストーカー行為は一切なくなった。また、刑事事件の面だけでなく、民事の方でも会社を休んだ分の損賠賠償もさせた。

今回もそのように出来るのではないかと考えた。

「ありがとうございます」

りさ子は少し緊張がほぐれたのか、笑みが浮かんだ。

「具体的に、弁護士がどのようなことが出来るのかご説明いたします」

と、水田は説明を始めた。

「当事者同士で話し合っても相手がストーカー行為を止めてくれない場合がありますので、弁護士が間に入って相手に警告します。もし、それでも続ける場合でしたら、内容証明を出します」

「内容証明？」

りさ子がきき返した。

「内容証明とは、郵便局が公的に出してくれる手紙のことで、証拠能力をつけることが出来るというものです。内容証明という郵便物が届くことによって、相手は警察に捕まるかもしれないとか、裁判になるかもしれないというように考えを改めてくれる場合があります」

「でも、そんなことをしたら、相手が逆上することもありませんか」

「それも考えられます。今回の場合、すでに刃物を突きつけられているとのことなので、慎重に行わなければならないのですが。まず、警察に被害届は出してください。それから、内容証明を出すのはいかがでしょうか」

水田は相手の目をしっかりと見てきいた。

「でも……」

りさ子は不安そうだ。

「それでも、相手が接触してくる場合には裁判所で接近禁止の仮処分を申請します。それにも違反して相手がストーカー行為を続ける場合には、ストーカー規制法で逮捕してもらえる確率が高くなります」

水田は大事なことなので、ゆっくりと説明した。

「はい」

りさ子は頷きながら答えた。

「内容証明はこちらで作成させて頂きます。栗林の住所はご存知《ぞんじ》でしょうか」

「以前付き合っていた頃のしかわからないのですが」

「それでも大丈夫ですよ。もし引っ越ししていても、そこから調べることが出来ますので」

水田がそう伝えると、りさ子は江戸川区にある栗林の住所を言った。

「わかりました。では、さっそく取り掛からせて頂きます。もし、わからないことがあったり栗林が現れたりしたら、またいつでもご連絡をください。一度、栗林と会ってきます」

「ありがとうございます」

「連絡先は先ほどの名刺に書いてあります。朝早くでも、真夜中でも何かありましたら遠慮なく電話をください」

水田は言った。

携帯電話の通知音は大音量になるようなアプリを入れて、すぐに気が付くように設定してある。寝るときは胸の上に携帯電話を両手で置いて、いつでも対応できるようにしてある。

「何かありましたら、本当にいつでも仰《おつしや》ってください」

水田は付け加えた。

「では、またご連絡させて頂きます。本当にありがとうございました」

りさ子は立ち上がった。

時計の針は四時を指していた。水田はりさ子をエレベーターまで送りながら、本当にこの対応でいいのだろうかと心配だった。

その日の夜七時頃、水田は新小岩の閑静な住宅街を歩いていた。栗林は一か月ほど前にこちらのほうに引っ越していた。十階建てのマンションが見え、マンション名を確認してから、エントランスに入り、八〇二号室のベルを鳴らした。

「はい」

中から応答があった。

「私、鉢山法律事務所の水田と申します」

「法律事務所？」

「夜分すみません。吉高りさ子さんの件で来ました」

「……」

「少しお話をよろしいですか」

「そうですね……」

栗林は考えているようだった。

「そんなに長くなりませんから」

「もう夜遅いですから」

通話が途切れた。

こういうことはよくあることだ。強制捜査権がない弁護士は相手にされないことも多い。それでも、水田は諦めずにまたインターホンを鳴らした。

「なんですか？」

「少しだけでもお話しさせてください」

「迷惑です」

「こちらも出来るだけ話し合いで解決できればと思います。あまり、法的な手段に持ち込みたくないんです」

水田は強く言った。

「わかりました」

エントランスが解錠された。水田はエレベーターを使って八階に行き、目の前の八〇二号室のインターホンを鳴らした。

すぐに扉が開いた。

「中へどうぞ」

栗林はぶっきら棒に言って、招き入れてくれた。

「どうも」

水田は1Kの部屋に通された。

「先生、私が吉高りさ子さんをストーカーしているように思っているのでしょうが、目的はあの男と別れさせるためです。彼女があの男と別れたらすぐにでも付きまとうことはやめます」

栗林から説明してきた。

「あなたは吉高さんが辛い思いをしていることをわかっていますか」

水田は栗林の目を見てきいた。

「はい、仕方がないことだと思います」

「仕方ない?」

「だって、私の忠告を聞かないのですから」

「随分、身勝手な考えじゃありませんか」

「いくらそう思われようと構いません。こういうやり方でなければ、彼女は私の言葉さえ聞いてくれないのです」

「あなたは吉高りさ子さんに未練があって、もう一度復縁したいのですか」

水田はきいた。

「いえ、彼女は私と付き合ってもいいことなどありません。ただ、梶塚修一と付き合っている方が彼女にとっては危険なのです」

栗林が落ち着いて言い、

「弁護士さんからも別れるように言ってやってください」

と、真顔で頼んで来た。

「とりあえず、今日は警告だけさせて頂きます。これ以上続けば、法的手段を取らせて頂きます」

水田は厳しい口調で言った。

「はい」

栗林は頷いた。

「では、夜分失礼致しました」

水田は頭を軽く下げて、マンションを後にした。

月が雲に隠れるのを見ながら、栗林は本気で梶塚が彼女にとって害だと思い込んでいるようだと感じた。

栗林を説得するのは厄介かもしれないと、水田は思わずため息をついた。

# 第二章　逮捕

## 1

激しい雨が窓ガラスを打ち付け、水滴が幾筋も垂れている。鉢山《はちやま》法律事務所もじめじめとしていた。

日曜日なのに、水田《みずた》は銀行の貸しつけに関するトラブルで、薫子《かおるこ》の手伝いをするために事務所に出てきていた。金融法の資料を読んでいると、携帯電話が鳴った。

吉高《よしたか》りさ子からだった。

「先生、大変なんです。彼が、栗林《くりばやし》を……」

水田が電話に出るなり、りさ子はいきなり言った。

「栗林がどうしたんですか」

水田は落ち着かせるためにゆっくりときいた。

「栗林が自宅マンションから転落して死んだんです。私の彼がその現場にいて……」

りさ子は興奮していた。

「梶塚《かじづか》さんが現場にいたんですか」

水田は確かめた。

「はい、栗林と話をつけるために栗林の自宅に行ったそうなんです。部屋で口論しているうちに、揉《も》み合いになって栗林が窓から落ちて死んだそうなんです」

りさ子は早口で言った。

水田はどういうことだろうと首を傾《かし》げた。

「現在、梶塚さんは現場にいるんですね」

「そうみたいです。私はこれから支度して栗林のマンションに向かうところです」

「そうですか。梶塚さんから電話があったのはついさっきですか」

「はい。彼は自分が殺したと疑われるのではないかと思っているんです。先生、こちらに来て頂くことは可能ですか」

りさ子が切羽詰まったように言った。

水田は通話口を押さえて、薫子に事情を説明した。

「私の方はいいから、すぐに行ってやって」

薫子が促した。

「すぐ伺います」

水田はりさ子に伝え、電話を切った。

防水コートを羽織ると、事務所を飛び出した。


新小岩までは電車を二本乗り継いで、三十分ほどかかった。

南口を出て十分ほど歩いた閑静な住宅街にやって来ると、救急車が水田の横を走り去っていく。サイレンが鳴らされていないので、あの中に栗林は収容されていないようだ。

周囲は二階か三階建ての一軒家が軒を連ねているが、一棟だけ、十階建てのマンションが時間貸し駐車場の横に建っていた。

駐車場の前には警察車両が三台停《と》まっていて、傘を持った野次馬が集まっている。警察官がブルーシートを持って見えないようにしていた。

やはり、死んだのか……。

見上げてみると、八階の窓が開けっ放しになっていた。そこから眼鏡をかけた太った男が覗《のぞ》いていた。

葛飾中央警察署の松本《まつもと》警部補だ。

水田はマンションのエントランスに向かった。気が付くと、足元がびしょびしょに濡《ぬ》れていた。

水田はレインコートを着た警察官に近づき、

「鉢山法律事務所の水田ですが、転落したひとは亡くなったのですか」

水田はコートの前を少し開け、胸に付いた弁護士バッジをちらりと見せた。

「ええ、ほぼ即死でした」

「そうですか」

「この事件と関係が？」

「依頼人の親しいひとが部屋にいるんです。中に入らせてください」

水田は頼んだ。

警察官は無線を使い、

「弁護士の方が来られているのですが」

と、言った。

警察官は水田の言った通りに無線で伝えたが、

「ダメだそうです」

と、断られた。

「どうしてですか？」

「まだ現場検証の最中ですので」

警察官は突っぱねた。

「わかりました」

水田はその場でりさ子に電話をかけた。

「もしもし、水田です」

「先生、いま新小岩駅についたところです」

「私はいま現場マンションにいるのですが、やはり、栗林は亡くなったようです」

「……」

りさ子が息を吞《の》んだ気配がした。

「現場検証中なので、中には入れそうもありません。とりあえず、梶塚さんに連絡を取ってみてください」

「はい」

電話が切れた。

水田は一度外に出た。駐車場に向かうと、記者らしい姿が見えた。間違いない、駐車場に落ちたのだと思った。

「すみません」

水田は傘を差している人々を搔《か》き分けて、テープの前まで出た。既に死体が運ばれたようで、ブルーシートは外されていた。

周りでは報道関係者があれこれ言い合っている。息苦しくなったので、その場を離れると、りさ子がマンションに向かってきた。

「吉高さん、梶塚さんとは連絡は取れましたか」

水田は声をかけた。

「いえ、電話に出ませんでした」

りさ子は首を横に振った。

「そうですか」

「もしや、彼が疑われているんでしょうか」

りさ子が不安そうな顔をした。

「いや……」

水田は口ごもった。

そのとき、エントランス奥のエレベーターが開き、修一《しゅういち》が松本警部補ともうひとりの若い刑事に挟まれて、こちらに向かってきた。

「修一！」

りさ子が呼びかけると、

「ちょっと、警察署に行ってくる」

修一が答えた。

「大丈夫。状況を詳しく説明するだけだから」

「今日は帰って来られるの？」

りさ子が心配そうにきくと、

「聞き取りが終わったら、すぐに帰れますよ」

松本警部補がぶっきらぼうに言った。

それから、松本警部補は水田に向かって、

「あんたもいたのか」

と、無愛想に言った。

水田は自分が若いから軽んじられているような気がした。

修一ら三人は警察車両で去って行った。

「先生、どうして修一は警察に連れて行かれたんですか。このまま逮捕されるのでしょうか」

りさ子が今にも泣きだしそうな顔できいた。

「それはないと思います」

安心させる言葉を掛けたいが、状況から判断して警察は修一が突き落としたと疑っているのだろう。だから、任意で同行を求めたのだ。

その日の夕方、水田が事務所から自宅に帰ったとき、りさ子から電話がかかってきた。

「もしもし」

「あ、先生。彼が警察から帰ってきました。それで、彼が先生に相談したいと言っているのですが」

りさ子が余裕のない声で言った。

「はい、どうぞ」

水田が答えた。

すると、電話口で男が、

「梶塚修一です」

と、名乗った。

「水田です。先ほど、警察では大丈夫でしたか」

「警察は私が突き落としたと決めつけているんです。任意なのにあんなにきついものだとは思っていませんでした。刑事さんに帰りたいと言っても帰らせてもらえず、長い時間に亘《わた》っていろいろ聞かれました。時には声を荒らげて……」

修一の疲れた声に怒りが混じっていた。

いかにも、松本警部補らしい。あの男は名の知れた刑事で数々の難事件を解決したことで何度も表彰されている剛腕刑事だ。だが、なぜ任意の段階なのに、最初から厳しい取り調べをしたのだろうと思った。

「先生、今後どうなるのでしょうか」

修一が不安そうにきいた。

「これから、そちらに行って相談させていただいてもよろしいでしょうか」

「構いませんが、先生が大変じゃないですか」

「いえ、直接会って話した方が色々とお話を聞けますので」

電話で話すだけでは相手の表情を読み取れず、本当のことを言っているのかどうかの判断が難しい。表情や態度を見て、水田なりの解釈をしたいと考えた。

「わかりました。現在、私の自宅にいるのですが、本郷三丁目の駅の近くにあります。もし駅まで来ていただいたらお迎えにあがります」

「そうですか。では、すぐに向かいますので、あと三十分もあれば伺えると思います」

「かしこまりました。五番出口でお待ちしております」

そう言って電話を切った。

水田は急いで、ハンガーにかけてあるスーツを手に取って着替え始めた。昼間着ていたYシャツは洗濯機に入れてしまったので、明日着るつもりだったものにした。

支度を五分で終えると、水田は清澄白河《きよすみしらかわ》の自宅を出て最寄りの都営大江戸線の駅へ行った。

ホームに降りると、電車がちょうどやって来て、待たずに乗ることが出来た。清澄白河から本郷三丁目までは六駅、十分ほどだった。

駅を降りて、五番出口を出た。大通りを一本中に入った細い通りであった。

すでに、軽装の修一とガウンコートを羽織ったりさ子が待っていた。

「こちらです」

三人は春日《かすが》通りに出て、湯島方面に足を向けて歩き出した。

三分くらい歩き、本富士警察署を過ぎて、右に曲がってすぐのところにある新しい構えのマンションに入った。

エントランスには優雅なクラシック音楽が流れ、エレベーターは二台あった。

「十階です」

修一はエレベーターの扉を押さえながら、水田を先に乗せてくれた。

十階で降りると、一番奥の角部屋に入った。

部屋は2LDKで、ひとり暮らしには少し広すぎるくらいだと思った。りさ子もここで過ごすことがあるのだろうが、部屋の中には女性が使うような物は全く置かれていなかった。

三人はリビングに向かい、L字形のソファに案内された。修一とりさ子が横並びに座り、対角に水田が座った。

「先生、私は逮捕されるんでしょうか」

修一は気弱そうに改めて問いかけた。

「その場合でも、私がついていますから。あまり気を落とさないでください」

水田は励まし、

「なぜあなたは栗林の家に行ったのですか」

と、きいた。

「三日前、栗林が帝都大《ていと》にやって来たんです。その時に、『りさ子を殺して、自分も死ぬ』と言ったんです。脅しだろうとも思いましたが、一度りさ子に刃物を突きつけていましたから、本当に殺すかもしれないとも考え、今日話し合いをすることになったんです」

昼間に聞いた話では、揉み合いの末にいきなり栗林が窓から落ちて死んだということだった。いくら栗林が説得に応じようとしなくても、修一が突き落とすとは考えにくい。それより、栗林は修一をりさ子のことで恨んでおり、栗林が修一を殺そうとした弾みで転落したと考える方が自然だ。

修一は続けた。

「部屋に入って説得しているうちに、栗林が興奮してきてテーブルの上にあるものを払い落としたり、ゴミ箱を蹴ったりしました。それから、いきなり窓を開けました。栗林は動きながら話をしていて、私が窓を背後にしたとき、いきなり突進してきたんです。

それを躱《かわ》したら、栗林が弾みで窓から転落したんです」

修一の声に熱がこもっていた。

「栗林は高校生の時にラグビー部だったんです」

りさ子が口を挟んだ。

ラグビー部であれば、突進して窓から突き落とすことも可能だろう。それに、窓を開けたというのも、修一を突き落とすために違いない。それなら、修一が窓を背後にするように移動したのも説明がつく。

やはり、栗林が修一を殺そうとしたに違いないと思った。

「栗林が落ちてから、どうしましたか」

「窓から下を覗きました。栗林が倒れているのがわかりましたが、雨で視界が悪かったのと視力がそこまでよくないのではっきりは見えませんでした。それから、りさ子にとりあえず電話で知らせて、栗林の様子を確認しようと部屋を出て、エレベーターで一階まで降りました。その時、住人に取り押さえられ、すぐに警察が来て事情聴取を受けました」

「なるほど」

水田は修一の落ち着いた話し方から、修一は嘘《うそ》を吐《つ》いていないと思った。

りさ子に目を遣《や》ると、顔が蒼白《そうはく》で、不安に怯《おび》えるような目つきであった。

「逮捕されたとしても、過失傷害でしょう。しかし、検察は確実に有罪と出来る事件に関してでないと起訴しません。なので、いま話を聞いた限りでは、少なくとも正当防衛に当たると思いますので、起訴されることはありえないと思います」

水田はふたりを見て、安心させるように言った。

「そうですか。逮捕されたら、裁判になりますよね？」

「ええ」

「絶対に裁判にしたくないのですが」

修一は強い口調で言った。

「ですが、万が一のときのことも考えて行動して頂いたほうがいいと思います。具体的に申しますと、栗林とやり取りしたメールの内容などは残しておいてください。これは梶塚さんだけでなく、吉高さんもお願いします」

水田はりさ子を見て、修一に顔を戻して続けた。

「警察や検察は逮捕後に家宅捜索に入り、ありとあらゆる資料を押収します。そうすると、手元に資料が残らなくなります。コピーを取って、弁護士に渡して頂く分には法律的に何の問題もございません」

「はい、わかりました」

修一とりさ子が揃《そろ》って頷《うなず》いた。

「それから、逮捕後最大二十三日間は拘束されます。恋人が面会をしてはいけないという法律はありませんが、向こうの判断によって拒否されることも十分考えられます。そのことを考慮してください」

「はい」

「あと大切なことは自分の知らないことに関しては決して認めてはいけません。脅すわけではありませんが、自白を強要させるということはある話です」

「覚悟しています」

「逮捕されたらその時点で弁護士を付けることが出来ます。費用がかかるので、国選弁護人という制度もありますが」

水田が説明しようとすると、

「いえ、水田先生に依頼したいと思います」

修一が言った。

「ありがとうございます。ですが、まだ逮捕されると決まったわけではありませんので、あまり深刻に考え過ぎないようにしてください」

水田はもう一度励ました。

「先生、本当に大丈夫なんでしょうか？」

りさ子が心配そうにきいてきた。

「心配いりませんよ」

「そうですか」

りさ子はそう聞いても、不安そうな顔をしている。

修一がりさ子の手を握って、

「大丈夫だから」

と、安心させようとしている。

「また何かありましたら、すぐにでもご連絡ください」

水田はそう言って、修一の部屋を後にした。口には出さなかったが、この状況から考えて、逮捕される可能性が高いと考えた。

2

翌日の早朝、葛飾中央警察署が梶塚修一を殺人の容疑で逮捕した。

取り調べ室で、松本警部補と梶塚修一が向かい合っている。松本の大きな体は体格のよい梶塚でさえも萎縮させているように見える。

「梶塚さん、あんたが突き落としたんだろう」

松本は野太い声で話しかけた。

「いいえ、違います」

　修一は否定した。

「栗林大樹《だいき》を転落させたあと、逃げようとしたな？」

　松本は顔を近づけて問い詰めた。

「逃げようとしたわけじゃありません。栗林の様子を確かめに行こうとしただけです」

「窓から覗けばいいだろう？」

「遠くてわかりません」

「目は悪いのか？」

「眼鏡やコンタクトレンズを付けるほどではありませんが、遠いとぼやけます」

「そうか。でも、普通八階からひとが落ちたら自分で見に行こうとする前に、救急車を呼ぶなり、警察に通報したりするだろう」

「突然のことなのでパニックになっていました」

　修一は淡々と答える。

「そういえば、前にも付き合っていた女が転落して死んだな。岡村優香《おかむらゆうか》という女だ」

　松本警部補がわざとらしく、思い出したように言った。

「あれは自殺です」

　修一は強調した。

「それもどうだか。証拠がなかったから自殺で処理しただけだ」

二年前、葛飾区四つ木のマンションから当時修一と付き合っていた岡村優香が落ちて死亡した。松本は事件現場に駆け付けた。四ツ木駅周辺で、修一の目撃情報が寄せられた。捜査を進めていくうちに、優香は妊娠していたことが発覚し、優香は産みたがっていたが、修一が拒んでいたことがわかった。だから、松本は修一が殺したのだろうと思ったが、修一は恵比寿《えびす》の自宅にいたというアリバイもあった。自殺ということになったが、松本は納得していなかった。

「あの事件で、自宅にいた私がどうやって殺せるというのですか」

修一は呆《あき》れたように言った。

「本当に自宅にいたのかも定かじゃない」

松本は厳しい目を向けた。

「それは父が証明しています」

修一が言い返した。

「家族の証言は信用できない」

松本はすかさず、首を横に振る。

「だからと言って、私があの場所にいた証拠でもあるんですか」

修一が強い口調になった。

「岡村優香さんは死亡する二時間前にお前と電話している」

　松本は鋭い目を向けた。

「それが何だって言うんですか」

「彼女がお前に会いたいと言ったんだろう」

「違います」

「でも、目撃情報がある」

「人違いです」

　修一は否定した。

「電話では、何を話していたんだ」

「相談事です」

「どんな相談事だ？」

「彼女はなんで生きているのかわからないとか言っていました」

　修一は思い出すように答えてから、

「とにかく、私はあの事件も、今回の事件もやっていません」

　と、はっきり言った。

「まあいい、栗林の件に戻ろう。事件の三日前、四月十六日、栗林はお前に会いに帝都大にやって来たな」

「はい」

「何のために来たんだ」

「りさ子とのことを言いに来たんです」

「何て言ったんだ？」

「りさ子を殺して自分も死ぬといったようなことです」

「もう少し詳しく話してみろ」

「曖昧な記憶でしかありませんが」

「構わない。帝都大の大学院まで行くような秀才だ。記憶力もいいだろう」

松本は決めつけて言った。

「栗林は一方的にりさ子への思いを告げたんです。そうすることによって、私がりさ子と別れるように考えなおすと思ったのかもしれません」

「お前の考えはどうでもいい。それで、どうして栗林を殴ったんだ」

「殴ってません。向こうが突っかかってきたので、弾みで手が当たっただけです」

「でも、手を出したのは事実だろう」

「払いのけただけです」

「カッとなっただろう」

「ええ、あまりにも向こうが理不尽だったので」

「じゃあ、その時、殺意が芽生えたんだな」

松本は決めた。

「いえ、違います」

修一は否定した。

「栗林はお前のことをかなり調べているようだから、柔道の黒帯だということも知っているだろう。それにも拘《かか》わらず突っかかってきたというのか」

「はい。向こうも体格がいいので、勝てると思ったのでしょう」

「まあ、いい。お前は栗林を殴ったあと、吉高さんに電話しているな。携帯電話の記録に残っている」

「はい」

修一は頷いた。

「何で連絡したんだ」

「様子を確認するためです」

「様子というのは？」

「その日、りさ子は友達と会っていたんです。それで、楽しんでいるかなと思いまして」

「友達っていうのは、誰だ？」

「木南結衣《きなみゆい》という彼女の同級生です」

修一が答えると、松本はメモを取った。

「それだけのために電話したのか」

「はい、しょっちゅう電話するので」

「本当は栗林が吉高さんに岡村優香さんのことを話したのではないかと不安になって電話したんじゃないのか」

松本は問い詰めた。

修一が栗林と揉めているときに、通りかかった島袋亮也《しまぶくろりようや》という同大学の男子学生がユウカという名前を耳にしている。これは岡村優香のことを言っているのだろうと、松本は考えた。

「いいえ、違います」

修一は必死に否定して、

「栗林は彼女に散々ありもしないことを喋《しゃべ》っています。仮に栗林が言いに行ったとしても、彼女は栗林の言うことを信じないでしょう」

と、付け加えた。

「今まで栗林は吉高さんに岡村優香さんのことは話したのか」

「……」

「そのことは知らないだろう？」

「……」

「栗林がそれをどこかで知って、いきなりお前のところに訪ねてきたということも考えられる」

「たとえ、そうだとしても、私は彼を殺そうなどと思っていませんでした。仮に殺すとしても、疑われるような殺し方はしないですよ」

修一は苛立《いらだ》ちを見せた。

「いま、殺すと言ったな」

「仮に、の話ですよ」

「仮にでも、そんな言葉が出て来るのはおかしい」

松本は決めつけた。

「私が殺していないとわかってもらうために例に出しただけじゃないですか」

「いや。栗林大樹は岡村優香がお前に突き落とされて死んだと言って来たんじゃないのか？　それで、そんな男と一緒にいるなら吉高さんも危ないと思った。お前に殺されるくらいなら、俺がりさ子を殺して自分も死ぬという覚悟を示したんじゃないのか」

松本は推論を述べた。

しかし、修一は「違います」と短く否定した。

「たしかに、岡村優香のことは話題に上がりました。でも、刑事さんが考えていることは全くもって違います」

修一は強い口調で言い、

「私はただ、りさ子に関わらないように注意しに行っただけです。帝都大に来たときにりさ子を殺して、自分も死ぬと言ったことはただの脅しだと思いました」

「そうか。じゃあ、栗林の部屋に行ったのはどういう経緯だ」

松本がきいた。

「帝都大で揉めているときに、いまはお互い冷静になれないから後日話し合おうと、栗林に言われて、場所と日時を指定されたんです」

修一は説明した。

「なぜ栗林は自分の部屋に呼んだんだろう」

「今から思うと、栗林は私を殺すつもりで呼んだんじゃないですか」

「もう一度、栗林の部屋に入ってからの行動を話してみろ」

「中に入って、1Kの部屋でしばらく説得していたんです」

「座ってか」

「はい」

「それで、どんなことを話していたんだ？」

「りさ子に付きまとうのを止《や》めるようにです」

「既に帝都大に来たときに、そのことを話して、説得に失敗しているんだろう」

「ええ、でももう一度話してみました」

「相手に通じないと思わなかったのか」

「とりあえず、話し合わなければならないと考えていました。それに、栗林とは会う約束までしていたので、彼が少しでもこちらの言うことに応じる可能性はあると思っていました」

「それで、吉高さんに対するストーカー行為を止めろって言っているときに、どうして揉み合いになったんだ」

「彼が突然テーブルの上のものを払いのけたり、近くにあったゴミ箱を蹴り出して、それから大声を出して威嚇するように胸ぐらを摑《つか》んで来たんです。それから……」

修一は続けようとした。

「待て」

松本が止めて、

「そうなるのには理由があるだろう」

と、きいた。

「理由はわかりません」

「何か隠しているな」

「隠していませんよ。彼の行動は理解しがたいものです」

「でも、そんな男にもお前は話を付けようとしたというのが矛盾していないか」

「……」

「どうなんだ」

　松本は考え込む修一に追い込みをかけるようにきいた。

「私の言動で彼を怒らせることがあったかもしれませんが、挑発はしていません」

　修一は松本を睨《にら》むようにして見た。

　松本は続けた。

「それから、ふたりで摑み合いになったんだな?」

「そうです」

「柔道の技をかけて、抑え込むことは出来なかったのか」

「相手はいきなり飛び掛かってきましたから、すぐに技をかけるのは難しかったです」

「黒帯のお前でもか」

「はい」

　修一が答えた。

　松本は急に立ち上がり、水田の胸ぐらに摑み掛かった。

修一は咄嗟《とっさ》に松本の手を退けた。

「いきなり襲い掛かってきても、避けることが出来るじゃないか」

「あの時と状況が違います」

「でも、俺が胸ぐらを摑むことは予想出来なかっただろう」

「こんなことしていいんですか。弁護士に訴えますよ」

修一が睨んだ。

「別に脅したわけじゃない」

松本は言い、

「揉み合っているうちに、栗林は落ちたと言ったな？」

と、きいた。

「はい。突然、突進してきたんです。それを躱したら、栗林がはずみで窓から落ちてしまったんです」

「栗林が落ちたとき、どんな行動をとった？」

松本がきいた。

「さっきも言ったように、パニックになって、栗林が駐車場で血を流しているのがぼんやりと見え、とりあえず栗林の様子を見に行こうと思いました。その時に、近所のひとに取り押さえられました」

「俺が駆け付けて顔を合わせたとき、目を逸《そ》らしたな」

松本が確かめた。

「覚えていません」

「お前は目を逸らした。また俺が捜査や取り調べをすると前回のこともあって、不利に働くと思ったからじゃないか」

「そんなこと考えていません」

修一は否定した。

松本はとりあえず、ききたいことは全てきいた。

「嘘を吐いてもすぐにバレる。早く吐いたほうが楽になるぞ」

そう言い、松本は部屋を出て行った。

3

翌朝、水田の卓上の内線電話が鳴った。

「水田先生、葛飾中央警察署からお電話です」

と、事務員の女性が伝えた。

「はい、水田です」

水田は電話に出た。

「こちら葛飾中央警察署の秋田《あきた》という者ですが、うちで殺人の容疑で逮捕されている梶塚修一という男が先生の弁護を受けたがっています」

電話口は松本警部補ではなく、もっと若くはきはきとした男だった。

「殺人？」

水田はきき返した。

「そうです」

「わかりました、お引き受けします。何時から接見できますか」

「取り調べの都合上、十三時三十分から二十分ほどでしたら可能です」

「かしこまりました。では、その時に伺います」

水田は電話を切った。

「やっぱり逮捕されたのね」

目の前に座っている薫子が水田を見て呟《つぶや》いた。

「あの状況ですから」

水田はまさか殺しの疑いで逮捕されるとは予想しておらず、戸惑いを覚えた。

葛飾中央警察署の前に着いたのは約束の十三時三十分より少し前だった。記者らしい数人が警察署の前に屯《たむろ》していた。他に大きな事件でもあったのだろうかと思った。

水田が記者を無視して、入り口に向かっていると、腕に文化新聞と書かれたワッペンをしたポニーテールの若い女性が話しかけてきた。

「あの、梶塚修一容疑者の担当の弁護士さんですか」

まだ慣れていないのか、おずおずとした声であった。

「え、まあ」

水田は曖昧に答えた。

「お話を聞かせてください」

女性記者は飛びついて来た。

「すみません。急いでいますので」

水田は断って、警察署の中に入った。途中で振り向くと、その女性記者はずっと水田を見つめていた。

受付に行き、梶塚修一の弁護士だと伝えるとビニールのソファに座って待つように言われた。

五分くらいして、自分と同じか、それよりも若いと思われる丸顔の刑事がやって来た。

「水田弁護士ですか」

「そうです」

「さきほど、先生のところに電話した秋田です。梶塚はいま取り調べ中でして」

「え？　でも、十三時三十分に約束しましたけど」

「長引いているんです」

「でも、昼休みでしたよね」

水田は確認した。

「まあ、そうなんですが。昼休みのあと急に取り調べが入りまして」

秋田が答えた。巡査部長のようだ。

「誰が担当しているのですか」

「松本警部補です」

「では、何時になったら接見できるのですか」

水田は少し苛立つ心を抑えながらきいた。

「あと一時間後です」

「一時間後……」

「時間は二十分だけです」

「それだけですか」

「はい、取り調べが続きますので」

「……」

水田はどうするべきか考えていた。秋田巡査部長に文句を言ったところで、松本警部補が決めていることを翻す力は彼にないだろう。

「こちらでお待ちになりますか」

秋田巡査部長がきいた。

「はい。では、その間に事件のことを教えて頂けませんか」

「それも、松本警部補から聞いてください」

秋田巡査部長は打ち切るように言った。

仕方がないので、水田は一度警察署を出て、近くの喫茶店で他の仕事をしながら過ごした。

そして、一時間後に警察署に戻ってきた。

その時も、まだ葛飾中央警察署の前に記者がいた。再び、さっきのポニーテールの若い女性記者に見つかったが、

「これから接見してきます」

とだけ言い残して、警察署に入った。

受付に行くと、秋田巡査部長に案内されたが、

「二十分だけですので」

と、注意された。

面会室には修一の隣で太った松本警部補が睨みを利かせていた。

「松本警部補、外してもらえませんか」

水田は当然のごとく言った。

一般の面会の場合は立会人がいて、さらに会話の内容も制限されるが、弁護人として接見する場合にはそのような制約はない。

「立会人なしで話をするんなら、接見室に移動しないと」

「最初からそのつもりです」

「そうですかい」

松本警部補はゆっくりと立ち上がった。

明らかな時間稼ぎだ。

水田は急《せ》かしたが、接見室までも松本警部補はゆっくり歩いた。なぜ、こんなに時間稼ぎをするのだろうと思った。やっぱり、自分は若いから馬鹿にされているのだろうか。

接見室で二人きりになると、

「先生、ありがとうございます」

修一に頭を下げられた。思ったより気丈に振る舞っている。

「大丈夫ですか」

水田は心配した。

「ええ、こうなることは予想出来ていましたから」

「そうですか」

「まさか明け方に警察が来るとは思ってもいませんでしたが……」

修一は苦笑いした。その冷ややかな笑みに男の色気が感じられた。

「とりあえず、今日は時間がないですから、私の署名押印をした弁護人選任届を渡しますから、それに署名と指印をして、看守に提出してください」

「わかりました」

「詳しいことはまた後日おききしますが、警察は殺人の疑いで逮捕したと聞きましたが」

「そうなんです」

修一は不安そうに言った。

「その根拠は何だと言っていますか」

「事件の数日前に、栗林を殴ったことを刑事に突かれたので……」

「そんなことがあったんですか」

初耳だった。

「はい。彼女と別れるように迫って来たんです。それから……」

「なんですか」

「実は」

と、修一が言い出した時、

「お時間です」

看守が中に入って来た。

「まだ二十分は経《た》っていません」

水田は訴える。

「いえ、最初の面会室に入ったときから二十分ということだと聞いています」

水田は舌打ちして、

「すぐ終わりますから」

と、看守を追い出した。

「今日は時間がないので、また明日ききますが、余計なことは話さないようにしてください。言葉尻を捉えて相手の都合の良いように仕立て上げられても困りますから」

水田は忠告した。

「はい」

修一は頷いた。

「とりあえず自白して、裁判で正直に話せばいいからと甘い言葉で誘ってくることもありますが、決してそれに乗らないようにしてください」

「わかりました。先生、よろしくお願いします」

修一は深々と頭を下げた。

水田は修一の縋《すが》るような目を意識しながら、接見室を出て行った。

それから、受付に戻り、署名と押印をした弁護人選任届を提出した。

「たしかに受け取りました」

受付の警察官が答えた。

「松本警部補にお話は聞けないですか」

水田はダメもとできいてみた。

「出かけているので、申し訳ないですが」

「そうですか」

水田は葛飾中央警察署を出て、天を見上げた。

薄い青色の空に、霞《かすみ》のような白い雲が流れていた。

4

インターホンが鳴った。

りさ子はモニターを確認した。太って迫力のある顔の五十男と、その後ろに冴《さ》えない顔の三十代半ばくらいの男が立っていた。

　栗林が死んで、現場に駆け付けたときに顔を合わせた刑事だ。

「はい」

　りさ子は応答した。

「葛飾中央警察署の松本です。ちょっとお話を聞かせてもらえませんか」

「ええ」

　しばらくして、刑事たちはりさ子の部屋にやって来て、リビングに通された。

「どうぞ」

　と、二つしかないダイニングテーブルの椅子を勧めた。

「私は立っていますので」

　若い刑事がそう言い、松本は重そうな腰を下ろした。

　りさ子もその後に座った。

「栗林からのストーカーの被害では精神的に参っていたそうですね」

　松本がいきなり口を開いた。

「はい」

　りさ子は恐る恐る答えた。

「栗林がいなくなって欲しいと思っていましたか」

「ストーカーを早く止めてほしいと思い、交番にも行きましたし、警察署にも相談しました。でも、付きまとわれているという証拠を提示しなければ、ストーカー規制法で捕まえることは出来ないと言われて、追い返されました」

りさ子は恨みをにじませて言った。

「それは残念です。もっと警察があなたに寄り添ってあげればこんなことにはならなかったでしょうにね」

松本が何を考えているのかわからないので、不気味だった。

「ええ」

りさ子は頷いた。

「どこに相談してても相手をしてもらえなかった時の憤りというのはわかります。梶塚も怒りを感じていたでしょうね」

「まあ……」

「梶塚は何か言っていませんでしたか」

「何かと言うと？」

「たとえば、俺が解決するとか」

「あ、それは言っていました」

「言っていたんですね」

松本はわざとらしく大きく頷いていた。

「でも、話し合うという意味ですよ」

りさ子は付け加えた。

しかし、松本はそれには何の反応もせず、

「栗林がここにやって来て、警察を呼んだことがありましたね」

と、鋭い目つきをした。

「はい」

「その時には、梶塚も一緒にいたんじゃないですか」

「いました」

「その時の様子を教えてください」

りさ子は咄嗟に考えをめぐらせた。

「栗林が何度かインターホンを鳴らしたのですが、マンションに帰る途中にナイフを突きつけられて一緒に死のうと言われたばかりなので、警察に通報しました」

修一はいきり立って、栗林と話を付けようとした。だが、それを松本に言うと、変に勘ぐられるかもしれない。

「梶塚は栗林に話を付けに行こうとしたと言っていますが」

「え？」

「正直に答えてくださいよ」

松本が迫るようにきいた。

「もしかしたら、彼はそんなこと言ったかもしれません」

りさ子は言い直した。

「ということは、梶塚はカッとなりやすいんですか」

「いいえ、そんなことありません」

「では、衝動的に何かするってわけじゃありませんね」

「はい」

「物事は計画的に進めるタイプですか」

「はい、頭のいいひとなので」

「そうですか。わかりました」

その時、携帯電話が鳴った。弁護士の水田からだった。

「あ、水田先生」

と、口走った。

「我々はここで失礼します」

松本ともうひとりの刑事は軽く頭を下げて部屋を去って行った。

りさ子は玄関まで二人を送ったあと、電話に出た。

「もしもし」

「吉高さん、いまお時間よろしいですか」

「はい、ちょうど刑事さんたちが帰ったばかりです」

「もう来ましたか。そのことで、お話があったんですが」

「何でしょう?」

「どんなことを聞かれましたか」

「以前に栗林が私のマンションのインターホンを鳴らしたときのことです。その時の彼の態度とか、あとは彼の性格などをきかれました」

「性格ですか。どういう風にきかれましたか」

「彼はカッとしやすいかとか、物事を計画的に進めるかとかです」

「なるほど」

電話越しに水田が低い声で唸《うな》った。

「何かまずいことを言っていなければいいのですが」

「いま聞いた限りでは大丈夫だと思いますけど、あまり多くを語らない方がいいと思います。考えるようなことがあれば、わからないと言って逃げてください」

「わかりました。そうします」

りさ子は電話口で頷きながら答えた。

「あまり心配なさらないで」

水田が励ました。

「ありがとうございます」

りさ子は礼を言った。

「では、また何かありましたら」

と、電話が切れた。


しばらく、部屋の中で呆然《ぼうぜん》として、栗林のことを思い出していた。別れたとはいえ、一度付き合っていた男だ。まだ気持ちの整理がつかなかった。

そんなことを考えているとき、インターホンが鳴った。

モニターを見ると、母が立っていた。母とは引っ越してきて以来会っていない。引っ越しをする前に、一度内見しに来たことがあるくらいだ。

りさ子は通話ボタンを押して、

「どうしたの？」

と、重たい気持ちできいた。

元々は仲が良かったがここ二、三か月は険悪で滅多に口もきかない。

「心配だから来たのよ。電話も通じないし」

母の表情は固かった。

「ちょっと、忙しかったから」

「中に入れてもらえる？」

母がきいた。

りさ子は顔をしかめたが、エントランスを解錠した。それから、玄関の扉の鍵を開けてリビングに戻った。

すぐに玄関から扉が開く音がして、足音とビニール袋のこすれる音が聞こえてきた。

「久しぶり」

リビングに入ってきた母は両手にビニール袋を持っていた。それから、すぐにキッチンに向かった。

「何か買ってきたの？」

「食事が心配だから、色々買ってきたのよ」

母はキッチンから大きな声を出した。

「いいのに」

りさ子は言った。

「キッチンに置いておくから、自分で冷蔵庫に入れてね」

再び大きな声が聞こえた。

「聞こえているって」

りさ子はいつも母が家の中で大きな声を出すのが嫌だった。近所に聞こえたら恥ずかしいと思ってしまう。電話でも大きな声で話すので、周囲に声が漏れているのではないかと心配になるほどだ。

それから、母はリビングに戻って来た。

「大丈夫なの？」

「何が？」

「何がって、捕まったでしょう」

「……」

りさ子は答えなかった。

母が何の目的でりさ子を訪ねてきたのかが理解できなかった。修一との交際を散々反対されてきた。それよりも、栗林と付き合っている方がいいとも言われていた。

「やっぱりね」

母はため息をついた。

「なに？」

りさ子は思わず尖《とが》ったきき方をした。

「私がやめておけって言ったでしょう」

母は憐《あわ》れみの目を向けた。

「……」

りさ子は無視して、ノートパソコンに目を戻した。すると、母が近づいて来たので、ノートパソコンを閉じた。

「栗林くん可哀想《かわいそう》ね」

「……」

りさ子は言い返したい気持ちを抑えた。ここで何か言うと、また言い合いになってしまう。いまは修一のことでいっぱいいっぱいで、母と口論している暇などない。

「前に栗林くんをりさ子が連れてきたことがあったじゃない？　あの時に、もしかしたらふたりは結婚するのかなと思っていたの」

「そんなわけないでしょう」

「でも、わざわざ家に連れてくるくらいだから、少しは考えていたんでしょう？」

母が顔を覗き込むようにしてきいた。

「覚えていない」

りさ子は首を傾げた。

「実は数か月前にも栗林くんと会ったの」

「え？　どうして？」

「あなたがいない間に訪ねてきたのよ」

「何をしに?」

「いま付き合っている男のことを知らせてくれたの。本当にひどいことを聞いたわ」

「あんなストーカー男の言うこと、どうして信じるの」

「たしかに、彼はりさ子を好きなあまり、度が過ぎていたかもしれないけど、十分に考えてくれていたわ。だから、梶塚くんのことを教えてくれたのよ」

「あいつが言うことなんて、みんな嘘に決まってる!」

「そんなことないわ。ねえ、梶塚くんのことは忘れなさい」

「……」

りさ子は母を睨んだ。

「さっさと別れなさい」

母が鋭い声で言った。高い声が耳障りだった。

りさ子は立ち上がり、

「帰って!」

と、声を荒らげた。

「なによ、親に向かってその言い方は」

「ずっと、私の彼の悪口ばっかり言って」

「だって、殺人犯よ」

「彼は無実なの」

「どうしてそう言えるの」

「私にはわかるの」

「だって、あなたは彼から話をきいただけに過ぎないでしょう?」

「付き合っていれば、彼が嘘を吐いているかどうかわかるよ」

「彼が殺したに決まっているじゃない。それに、まだ数か月しか付き合っていないでしょう。あんたは彼に夢中だから、まともに判断が出来ないのよ」

母が強い口調になった。

「彼と会ったこともないくせに、偉そうに言わないで」

「あんたの態度を見たらわかる。彼と出会ってから、おかしくなった」

「おかしいって何なの!」

りさ子は詰め寄った。

「親の言うことも聞かないし、何でも男の言いなりなんだもの」

「私だって、もう二十六なんだから、いつまでもお母さんの言う通りになんか出来ないよ」

「それ以前の問題よ。彼に良いように利用されていたのがわかっていないから、私は厳しく言っているの！」

母も段々と感情が昂《たかぶ》ってきた。

「彼と約束をしていないのに、ずっと彼のために時間を空けていたでしょう」

「彼は忙しいから、私が出来ることをしただけじゃない」

「それに、彼に会うたびに毎回プレゼント贈っていたでしょう」

「別に高いものではないし、喜んでもらいたいだけなの」

「それがおかしいのよ。常識から考えて」

「常識って何？　お母さんには常識があるの？」

「だから言っているのよ。私だって、お父さんがあんな身勝手で気に食わないことがあると暴力を振るうようなひとだとは思っていなかったから」

「お父さんは心が弱いの。酒さえ入らなければ暴力も振るわなかったし、会社も倒産しなければあんなことにはならなかったと思うの。お母さんがあの時もっと支えてあげれば、お父さんだってこんなことにならなかったんじゃないの」

りさ子は怒りのあまり、つい思ってもいないことを口走った。

その次の瞬間、平手打ちを喰《く》らった。

「なにするの！」

りさ子は叫んだ。

母の瞳孔は開き、唇は震えていた。

しばらく、お互い無言で睨み合っていた。

母の目には涙が滲《にじ》んでいた。

「もう帰る」

母は表情をこわばらせて言い、そのまま玄関を出て行った。

扉が閉まる音がしてから、りさ子はテーブルの上に顔を覆うように突っ伏した。

修一が送検されたとニュースが入ったのは、このすぐあとのことであった。

5

翌日の午前十時、水田は家を出ると事務所ではなく、直接葛飾中央警察署へ向かった。

梶塚修一が送検されてから、捜査権は検察に移るが、身柄は警察署の留置所に置かれる。

葛飾中央警察署には昨日ほどマスコミは押し寄せていなかったが、また文化新聞のあのポニーテールの女性記者がいた。

「水田弁護士！　梶塚容疑者はどのように主張しているのでしょうか」

「……」

水田は逃げるように警察署に入った。

これから、毎日接見するつもりでいる。

理由として三つある。

一つ目は、意に反した自白をしないように注意させるためだ。長引く取り調べの中でふと心がくじけそうになる。してもいない罪を認めてしまうこともある。弁護士が毎日接見にくれば、調書にサインするかどうかも含め、色々と相談できる。

二つ目は、闘う意志を持続させることだ。味方がいると思うだけで、強い意志を持てる。

三つ目は、情報収集をするためだ。刑事事件においてはどんな些《さ》細《さい》な情報でも裁判をするにあたって有利になる。どれだけ情報を集められるかがキーポイントだと、鉢山泰三所長や薫子に口酸っぱく教えられていた。

水田は受付に行き、

「梶塚修一さんとの接見をお願いします」

と、頼んだ。

「いまは出来ません」

受付の警察官が表情を変えずに断った。

「何時になったら出来るのですか」

水田はきいた。警察署で待つのはよくあることだった。検事の取り調べがあるので、護送されるが、それ以外の時間であれば接見は出来る。

「今日はもう出来ません」

警察官が当たり前のように言った。

「え?」

水田は思わず自分の耳を疑い、

「まだ午前中ですよ」

と、時計を見た。

「接見の時間を指定されていませんので、今日は出来ません」

「指定しなくても接見は出来るはずです」

「これから地検に護送されるので今日は無理です」

警察官は無表情で答える。

「被告人が留置所に帰って来てからでも構いませんので。予定だけ教えてください」

「あと一時間したら護送されます」

「では、その間に会えるじゃないですか」

「準備がありますので」

警察官は突っぱねるように言った。

「では、地検から帰ってきたらまたここに来ます。その時に接見できるように、いま時間の指定をしておきます」

水田は意地になって言った。

「いえ、今日は何時に帰ってこられるかわかりません。後日、接見の時間を指定してきてください」

警察官の理不尽な言い分に、さすがに腹が立った。

「そんなことが許されたら、ずっと接見が出来ないじゃないですか」

水田は叱りつけるように言った。

周囲から視線を感じたが無視した。

「後日時間を指定してください」

警察官は何の変化も見せずに淡々と言った。

「そのような権限は警察にはないはずです」

水田は言い切った。

「検事さんからの指示ですので」

警察官は無表情のまま答えた。

「検察官にもそのような権限はないはずです」

「私にそんなことを言われてもわかりません。文句があるなら検察官に言って下さい」

警察官は冷たく言い放った。

やはり、若い自分は軽く扱われているような気がする。

「担当の検事は誰ですか」

「東京地検の長崎努《ながさきつとむ》検事です」

「長崎努検事……」

水田はその後、長崎に電話した。

事務官らしい男が席を外していると言って取り合ってくれなかった。

水田は仕方がないので葛飾中央警察署を出た。

またポニーテールの女性記者が近づいて来た。

水田は振り切って行こうとしたが、ふと思いついて足を止めた。

「なんで、この事件にこんな熱心なんですか」

「梶塚被告は二年前にも、恋人を転落死させているので」

「えっ？」

「先生、知らなかったんですか」

女性記者が驚いたように言った。

水田は急いで、日比谷の鉢山法律事務所に赴いた。

「どうしたの、そんな怖い顔して」

席に着くなり、薫子がきいてきた。

「いま葛飾中央警察署に行ってきたのですが、接見の時間を指定していなかったからという理由で今日の接見は断られました」

「え？　そんな……」

「違法ですよね！」

水田は興奮気味に言った。

「準抗告申立書の手続きをしたら」

薫子が冷静に言った。

「準抗告を？」

水田はきき返した。

準抗告手続きとは、裁判所や警察や検察の捜査機関が下した処分に対して行うものである。水田はいままで準抗告の申立をしたことがなかった。

「そうよ。接見させせないのは明らかにおかしいから、そうするべきよ」

「わかりました」

水田はそう答えて、急いで壁に備え付けられた本棚から、準抗告申立書を作成するのに参考になりそうな資料を二、三冊手に取った。

それから、見本を参考にして、

『東京地方検察庁検察官が、被疑者梶塚修一に関して、弁護人が具体的な日時を指定しなかったからという理由で接見を禁じたことを取り消すことを求める』

という趣旨の文章のあとに、その理由を詳しく書いた。

中立書を書き終えると、薫子が座って仕事をしている横まで行き、

「ちょっと見てください」

と、用紙を差し出した。

「どれどれ」

薫子が手にとって、ざっと目を通した。

「うん、よさそうね」

薫子が頷いた。

それから、事務所を出ると日比谷公園を突っ切って、霞《かすみ》が関《せき》の東京地方裁判所に行き、刑事訟廷事務室事件係に提出した。

「いま判事は公判中なので、終わるまで待っていてください」

係の者に言われて、水田は一時間ほど待った。

それから、判事室に招き入れられた。

「失礼します」

水田が深くお辞儀をして室内に入ると、年輩の男性の判事が準抗告申立書を手にしていた。

「座ってください」

判事は丁寧に手のひらで机の前の椅子を示した。

水田は座った。

「今回の事件に関しては、不可解な点も多く、検察官も取り調べできかなければならない内容が多いそうです。それなので、弁護人と接見する時間を取れないと言っていました」

「それは検察側の一方的な主張にしか過ぎません」

水田は身を乗り出した。

判事はそれを制するように、

「明日まで待っていただけませんか」

と、手をかざした。

「待てません」

水田ははっきりと主張した。

「そうですか。本日中であれば執務時間外になります」

執務時間は五時までだ。

「それでも、構いません」

「わかりました。今回は執務時間外でも接見を許しましょう。ですが、留置所の職員は勤務時間が決まっており、執務時間を超すと勤務管理にも影響を与えることを十分に理解してください」

判事は軽く叱りつけるように言った。

「はい、肝に銘じます」

水田は答えた。

「今から葛飾中央警察署に連絡しますので、控室で待っていてください」

「わかりました」

水田は判事室を離れた。

控室で一時間ほど待っていると、書記官が判事の印が押してある準抗告を容認する決定謄本を持ってきた。

水田はそれを持って、もう一度葛飾中央警察署へ向かった。

決定謄本を持った水田の立場は強くなり、午後五時三十分ごろ、接見室に通された。

そこには、まだ元気そうな修一がいた。

「検事の取り調べは大丈夫ですか」

「はい。あの松本警部補よりましです」

修一は苦笑いした。

「そうですか。長崎検事はどんなことをきいてきますか」

水田はさっき新聞記者からきいた女性の転落死の話をきこうと思ったが、昨日接見したときに何か言いかけていたので、もしかしたらそのことかもわからないと思って、そういうきき方をした。

「実は……」

修一が言いづらそうにして、

「以前付き合っていた女性がマンションから飛び降り自殺したことがあるんです。私もその部屋に何度か行ったことがあって、私に疑いがかかっていました。でも、私はやっていません。その時はすぐ自殺と判断されました。そのことがあったので、今回のことでも余計に私を疑っているそうです」

「それはいつのことですか」

「二年前です」

「もう少し詳しく教えてください」

水田がきくと、修一が事情を説明した。

「でも、あれはただの自殺なので、私が殺したわけではありません。警察はその件もあって、栗林に関して殺人と見ているんだと思います。それから、事件の数日前に、栗林と帝都大で揉めて殴ったこともきいてきました」

「吉高さんを殺して、自分も死ぬと、栗林が言っていたことですよね」

水田は確認した。

「そうです。検事はストーカーを止めるためには殺さなければならないと考えたのではないかときいてきました」

「梶塚さんはどのように答えましたか」

「詳しいことは話さず、否定し続けました」

「それを貫いてください」

修一に限って、嘘の供述の調書にサインすることはないと思うが、検事によっては巧みな技法で嘘の供述調書を作成する。

「わかりました」

修一は頷いた。

「それでは、改めてききますけど、事件当日、梶塚さんが栗林の家に行く前の行動を全て教えてください」

「はい。少し曖昧なところもありますが」

修一は前置きをしてから、

「日曜日で少しはゆっくり出来ましたので、朝八時に起きました」

「場所はどちらですか」

「湯島二丁目にある自宅のマンションです」

「なるほど。続けてください」

水田は促した。

「朝食を摂って、シャワーを浴びてから、大学院の課題を始めました」

「課題を始めたのが大体何時くらいでしょうか」

「午前九時くらいだと思います。二時間くらい課題をしてから、午前十一時過ぎには自宅を出て、栗林の家に向かっています」

修一は上目遣いで、思い出すようにして言った。

「その時の服装はどうでしたか」

「薄手の紺色のコートの下に、グレーのセーター、ジーンズに白いスニーカーを履いていました」

「その服装の値段は、いくらくらいのものでしたか」

「全部で八万円ほどでしょうか」

「結構、良いものを着て行ったのですね」

「はい。先生、そんなことは関係あるんですか」

「もし、殺しに行くとしたら、高価な服は着て行かないはずですから」

水田は説明した。

「なるほど」

修一は感心したように言った。

「栗林と会うのに、それほどの物を身に着けて行った理由はあったのでしょうか」

「夜からりさ子に会う予定だったんです」

「夜というのは何時くらいでしょうか」

「午後七時に待ち合わせの約束をしていました」

「では、正午に栗林の家に行き、話し合いをしてから吉高さんと会うまでは七時間ほどあるというわけですね」

「はい」

「一度家に帰ろうとは思っていなかったんですね」

「思っていませんでした。外出先で、論文を書こうと思っていました」

「ということは、パソコンなどの手荷物があったんですね」

「はい、大きめの鞄《かばん》を持っていました」

「中身は？」

「本が三冊と、ノートブック、筆記用具、パソコン、財布です」

「財布の中身はいくらでしたか」

「三万円くらいでしょうか。あとはクレジットカードです」

「普段から外で作業をされることは多いんですか」

「はい、特定の場所で作業をし続けることが苦手なので、あちこちのカフェに移動しています」

「事件当日に書こうと思っていた論文の期限は差し迫っていましたか」

「一週間後でした。でも、いくつも論文を抱えていましたので、少し焦りもありました」

「それなのに、栗林に会って話し合いをしようと思ったのはなぜでしょうか」

「早くストーカーの件を終わらせたかったからです。栗林がりさ子を殺して自分も死ぬと言っていたことは半ば脅しのようなものだと思いましたが、もしかしたら本当にやりかねないとも考えていました。りさ子に刃物を突きつけたこともありましたから」

修一は落ち着いた口調で答えた。

「栗林に会いに行けば、解決できると思ったのでしょうか」

水田がきいた。

「はい、彼はりさ子の邪魔をしたいというより私と別れさせたかったので、私と彼がちゃんと話し合いをすれば問題解決できると思っていました」

それから、水田は帝都大で殴ったときに話を移した。

「栗林が帝都大であなたに言って来たことは、以前付き合っていた女性が転落死した件と、吉高さんを殺して自分も死ぬということ、この二点ですか」

水田は指を二本示しながら確認した。

「はい、だいたいそんなもんです」

修一は濁すように言った。

「大学でのやり取りはそれで全てですか」

水田は顔を覗き込むようにしてきいた。

「ええ」

「じゃあ、警察にもこのことを話したんですね」

「そうです」

「話していないことは本当にないですか？　警察に変に隠し事をして、不利になるといけませんので」

水田が強い口調で言った。

「実は、栗林が私が同じ大学の准教授を妊娠させて、堕《お》ろさせたと言ってきました」

修一は気まずそうな顔をした。

「それは事実なんですか」

水田はすかさず確かめた。

「りさ子と付き合う前のことです」

「そもそも、その方は妊娠していなかったのでしょうか」

「どうでしょう。妊娠はしていたかもしれません。ただ、私の子どもではありません」

「どうして、そう言い切れるのですか」

「避妊はしていましたし、彼女から一度も妊娠の話をされたことがありませんでした。それに、子どもを堕ろしてくれと言ったこともありません」

修一は真面目な顔で否定した。

「その准教授は何という方ですか」

水田はこのことに関しては、准教授から話をきいてみないとわからないと思った。

「花井早紀《はないさき》さんです。文学部の准教授をしています」

「まだ帝都大にいる方なんですか」

「はい」

修一は頷いた。

「彼女とはどのくらい交際していましたか」

「りさ子と付き合う直前まで、八か月間交際をしていました」

「では、別れてすぐに吉高さんと交際を始めたのですね」

水田はメモを取りながら独り言のように呟いた。

「花井早紀さんと別れ際にトラブルはありましたか」

「いえ、別れたくないとは言われましたけど、互いの将来のことを考えればこのまま付き合っても意味がないとふたりで話し合って決めました」

「なぜ意味がないと思ったのですか」

「結婚したあとの話をしたのですが、花井さんはずっと働き続けたいと言っていました。私は専業主婦になってもらいたかったので、その違いです」

「別れを切り出したのはどちらからですか」

「私です」

「なるほど」

水田は頷きながらも、花井は修一に未練が残っているのではないかと思った。もしかしたら、栗林は花井から聞いたことをそのまま言い放っていたのではないか。とりあえず、花井に会って話を聞いてみようと思った。

腕時計を見ると、二十分ほど経っていた。

もうあまり話す時間がない。

最後の質問にしようと思い、

「栗林と花井さんに接点はあったのでしょうか」

と、きいた。

「どうでしょう。私も花井さんが栗林に嘘の情報を伝えたのではないかと考えました。でも、何のいざこざもなく別れたのに、そんなことがあるのかどうか」

栗林は首を傾げた。

その時、「時間です」と看守がやって来た。

水田は席を立った。

扉に向かう途中、

「花井早紀さんの話は、警察にも話した方がいいですよ」

と、水田は忠告した。

「はい、そうします」

修一は素直に頷いた。

「では、また来ます」

去り際に振り返ってみると、修一が何か考え込んでいるように見えた。

6

水田は帝都大の正門をくぐった。

銀杏《いちょう》並木通りを三ブロックほど進み、左手に見えるレンガ造りのレトロな建物に入った。

ここが法文一号館だ。

水田は建物の中に入り、辺りを見渡した。すると、中年の女性が脇に分厚い資料を抱えて歩いている。

水田は彼女に近づき、

「すみません。花井早紀さんはどちらにいらっしゃいますでしょうか」

と、きいた。

「花井さんなら、あの講義室にいましたよ」

女性は振り返り、一番手前の部屋を指した。

水田は礼を言って、その教室に向かった。扉には小さなガラス窓があって、講義室の中の様子がわかる。教室では髪を後ろで束ねた目鼻立ちのくっきりとした女性がパソコンをいじっていた。

水田はゆっくりと扉を開けた。

花井は水田に顔を向け、軽く頭を下げた。

「花井さんですか」

水田は彼女に近づきながらきいた。

「そうですが」

「私、鉢山法律事務所の水田佳《けい》と申します」

「弁護士さん？」

花井の顔が曇った。

「梶塚修一さんのことでお話を聞かせて欲しいのですが」

「はい」

「場所を移動した方がよろしいでしょうか」

「いえ、ここで」

花井がそう言うと、水田は花井の隣に腰を掛けた。鞄の中からメモ帳と筆記具を取り出して、

「あなたは栗林大樹さんを知っていますか」

と、さっそく切り出した。

「あの栗林さんですよね。知っています」

花井は迷惑そうな顔をしていたが答えてくれた。

「どういうお知り合いなんでしょうか」

「いきなりＳＮＳで連絡が来たんです。それから、話すようになりました」

「ちなみに、どんな内容を送ってこられたかわかりますか」

「ちょっと覚えていません」

「データにも残っていませんか」

「どうでしょう」

花井はそう言って、水田を見つめた。

「梶塚さんの弁護活動をするうえで重要な証言になるかもしれないので、調べて頂いてもよろしいでしょうか」

水田は頼んだ。

「はい」

花井はパソコンでSNSを開き、素早くタイピングをして、

「これです」

と、見せてくれた。

そこには、去年の十二月十五日のメッセージが残っていた。

『花井早紀さま　はじめまして。栗林大樹と申します。梶塚修一は、私の彼女だった人物と交際しております。是非、一度お話を伺えないでしょうか』

午後十時過ぎに来たメッセージだった。

「返信を見てもよろしいですか」

「ええ」

水田はページをスクロールした。

『どんなお話を聞きたいのでしょうか？』

花井が夜中に短く返信をしている。

『あなたのページに梶塚の悪口が書かれていたので、本当かなと思いまして』

花井がメッセージを送ってから一分後に、栗林はこれを送り返している。

『全て本当です』

翌朝、花井が返事をした。

それから、いつ会うことにするなどという約束が交わされていて、十二月二十日にふたりが帝都大のキャンパス内で会うことになっていた。

「あまり見せたくないものなので、もうよろしいでしょうか」

画面に貪りつくように見ていた水田に、横から花井の注意が入った。

「すみません、ありがとうございます」

水田は礼を言ってから、

「梶塚さんの悪口を書かれていたのですか」

と、きいた。

「悪口といいますか……」

花井が首を傾げた。

「どんなことを書いたのでしょう?」

水田は身を乗り出した。

「すぐに消しましたが、梶塚が過去に付き合っていた女性が妊娠して、梶塚に堕ろせと言われたのを苦に自殺したんだということを酔った勢いで書いてしまいました。そしたら、栗林さんから連絡が来たんです」

花井がぼそっと言った。

「妊娠していて堕ろすように言ったというのは、あなたの想像ですか」

「ええ、でも事実だと思います」

「どうしてそう思うんですか」

「私もあの男の子どもを堕ろしたんです」

花井は尖った口調で言った。

「梶塚さんはそのことを知っているのですか」

「一緒にいるときに、赤ちゃんが出来たかもしれないと軽く言ったんです。そしたら、彼はいきなり顔面蒼白になって、赤ちゃんなんか要らないと言っていました」

「堕ろすようにも指示されたんですか」

「いえ、彼は子どもを望んでいないんだろうと解釈して、後日ひとりで婦人科に行って堕ろしました」

「どこの婦人科ですか」

「御茶ノ水大学付属病院の婦人科です」

「そうですか。堕ろしたことは梶塚さんに言っていないんですね？」

「言っていません」

花井は俯《うつむ》き加減で言った。

それならば、梶塚としては栗林からそのことを言われたところで、思い当たる節はあったかもしれないが、事実を話しているという認識にはならなかっただろう。

「付き合っている期間、他にトラブルなどはありませんでしたか」

「いえ、特にありませんが、その当時の私が馬鹿だったんだと思います」

花井は卑下した。

「どうして、そうお考えになるのですか」

「彼に何を言われても従っていました。例えば、仕事をさぼってどこかに行きたいと言われたら、実際にそうしていました。それに、給与明細など彼が見せて欲しいと言っていたので、全てさらけ出していました」

「梶塚さんがそんなことを？」

そんなことは想像できなかった。修一とりさ子の関係を見ていると、互いが支え合っているように見えた。

「あなたはどうしていましたか」

「彼の言う通りにしていました。嫌われるのが恐《こわ》かったんですよ」

「言うことを無視したことはないんですか」

「何度かありました」

「その時はどういう態度を取られましたか」

「彼はとても落ち込んでいました。いま考えてみると、それも私に同情させて、自分の思い通りにする作戦だったのかもしれません」

花井は喋っている間に表情が段々厳しくなっていった。感情でものを言っている点も考慮しなければならない。

「梶塚さんがあなたや周りに暴力を振るうようなことはありませんでしたか」

「それはなかったです」

「今回、あのような事件を起こして、花井さんはどう思われましたか」

「意外と言えば意外です。彼はとても頭のいい人なので、殺すとしてもあのような手段を択《えら》ばないと思うんです。ただ、カッとなることもありましたので、何とも言えませんが」

花井の答えはどっちつかずだった。

「まだ他にもききたいことはありますか」

花井が早く終わりたいような顔をする。

「いえ、また何かあればこちらに伺います」

「そうですか」

花井は冷たく答えると、パソコンの画面に顔を戻した。

「ありがとうございました」

水田は礼を言って、部屋を去った。

花井の言っていることは本当なのだろうか。後日、御茶ノ水大学付属病院で確かめてみなければならない。


帝都大を出た水田は、次に新小岩の現場マンションへ向かった。

事前に管理人には連絡してある。

マンションのエントランスに入って、横の小窓の管理人室にいた小柄な中年男性に声を掛けた。

「鉢山法律事務所の水田といいます」

「あ、どうもご苦労さまです」

管理人はそう言って、鍵を渡してきた。

「勝手に行っても構いませんか」

「ええ、帰る時にはこちらに戻してください」

「わかりました」

水田はエレベーターを使い、八階で降りた。

降りて目の前の八〇二号室に鍵を差し込んで中に入った。

水田は玄関で靴を脱いで、中に進んだ。

短い廊下の先に十畳ほどの部屋がある。まだ散らばった家具が残っていた。

修一が開いていたと言っていた窓は、もう閉められていた。

水田は念のため、指紋が付かないように白い綿の手袋をして、窓を開けた。下には駐車場が見える。もしも、落ちた先に車が停まっていたとしても、この高さであれば相当の怪我《けが》をするはずだ。

激しい雨の中、なぜ窓が開いていたのだろうか。窓には誰の指紋も残っていなかった。警察は修一が窓を開けて突き落とし、それから指紋を拭いたと言っている。

だが、修一は栗林が開けたと主張する。水田は修一が嘘を吐いていないと思っている。

あの日、栗林は何を考えていたのだろうか。

水田はもう一度窓の下を覗いた。

ふと、倒れている栗林の姿が脳裏に浮かんだ。

# 第三章　公判

## 1

梅雨真っ只中《ただなか》で、三日続けて雨で気が滅入《めい》るようだった。水田《みずた》はビニール傘を差し、日比谷公園を突っ切って、東京地裁に入った。

傘を閉じてから、ハンカチで肩から袖口を拭いた。

起訴されて二か月経《た》った。今日は第一回公判前整理手続きの日である。

水田は小会議室の前で、湿気で跳ねた髪を押さえてネクタイを正した。

ただでさえ、若いというだけで軽く見られることが多いので、髪型や服装の乱れで裁判長に悪い印象を与えてはいけないと思った。

部屋に入ると、生え際に白髪が混じり、化粧っ気のない中本秀子《なかもとひでこ》裁判長が正面に座っていた。その両隣には陪席裁判官、横には書記官が姿勢を正している。

五分ほど経ってから、猫背で細身の四十過ぎの男がやって来た。

彼が公判検事の出島秀樹《でじまひでき》だ。

出島検事は水田に軽く会釈して、隣に座った。

「本日は雨にもかかわらず、ご苦労さまです。被告人が到着してから公判前整理手続きを始めます」

中本裁判長が水田と出島を交互に見て言葉をかけた。

定刻の午前十一時になり、手錠と腰縄がされた梶塚修一《かじづかしゅういち》が看守に連れられて入ってきて、水田の隣に座った。看守は修一の後ろに控えた。

被告人は公判前整理手続きに出頭することができ、修一は裁判所からどうするのかを決めるよう求められていた。検察側の主張や裁判の流れなどを理解してもらうために、水田は修一に出頭した方が良いと助言していた。それで、今日出頭することになった。

「再度確認ですが、被告人が何か発言したい場合には、必ず弁護人を通してその旨を伝えるようにしてください」

中本裁判長が念を押した。

修一は中本裁判長に頷《うなず》いた。

「わかりました。一点、確認してもよろしいでしょうか」

水田が言った。

「何でしょう?」

「弁護側は、梶塚修一さんの無実を主張します。それなので、被告人と呼ばず、梶塚さんと呼ばせて頂きたいのですが」

水田は修一に考慮して、そう言った。

「わかりました」

中本裁判長は認めた。

「ありがとうございます」

水田が礼を言うと、

「では、証明予定事実記載書から始めていきます」

中本裁判長が進めた。

証明予定事実記載書とは、公判で検察官がどのような冒頭陳述を行うのかを公判前整理手続きのために予《あらかじ》め書き記したものである。すでに、鉢山法律事務所に証明予定事実記載書とともに請求証拠が送付されてきていた。それらは謄写することが認められており、留置所にいる修一の元にも差し入れとして送ってあった。

証明予定事実記載書には被告人の経歴、殺人に至るまでの経緯、犯行が書かれていた。

一、被告人の経歴

被告人の梶塚修一は裕福な家庭に生まれたが、父子家庭のため母親の愛情を知らずに育った。小学生から現在帝都《ていと》大学大学院で社会学を専攻するに至るまで常に学業の成績は優秀で、スポーツにも秀でていて、柔道は黒帯を取得しているほどの腕前である。何でもこなせて、人一倍自尊心も強く、負けず嫌いの性格である。

二、犯行に至る経緯

被告人は昨年十一月より、吉高《よしたか》りさ子と交際を始めた。しかし、吉高りさ子はその一か月後、栗林大樹《くりばやしだいき》からストーカー被害を受けるようになった。被告人は一度、栗林大樹にストーカー行為を止《や》めるように強く忠告している。ところが、令和二年四月十六日、栗林大樹が帝都大学に訪ねてきて、吉高りさ子を殺して、自分も死ぬと告げられた。

三、犯罪の実行

被告人は四月十九日、江戸川区新小岩の栗林大樹のマンションに無理心中を阻止し、場合によっては殺しても構わないという思いで訪れた。しかし、話し合いがこじれ、被告人は、もはや殺すしか他に方法がないと考えた。被告人は栗林大樹を窓から突き落とし、事故死と偽装して現場から逃げ去ろうとしたが、騒ぎを聞いて駆け付けた隣室の住民に取り押さえられた。

四、被告人の情状

被告人は二年前、当時付き合っていた岡村優香《おかむらゆうか》を妊娠させ、そのことで揉《も》めていた。

岡村優香は葛飾区四つ木の自宅マンションから転落死した。警察は殺人と見て、被告人を捜査していたが、証拠不十分で自殺として処理された。

これを証明するために、検察官が証拠の取り調べ請求をした。証拠書類と証拠物、証人の氏名及び住所。そして、証人が公判期日において供述する内容が開示された。

「弁護人は証言予定事実記載書に対して、どのようにお考えですか」

中本裁判長が水田を見た。

「梶塚さんの主張することと全く違っております。殺意を持っていたということも、さらに突き落としたという事実もございません。揉み合っているうちに、栗林大樹が襲い掛かってきたので、それを避けた弾みで窓から転落したのです。栗林大樹が梶塚さんを殺そうとしたのです」

水田は中本裁判長の顔を見ながら、手振りを交えて丁寧に説明した。

隣にいる出島検事が横目で水田を見ている。水田は気配を感じながらも、その視線を気にしないようにした。

そして、水田は続けた。

「被告人の情状というところで、過去に梶塚さんが殺人の疑いで捜査されていたという箇所があります。裁判員に誤った先入観を持たせるための余事記載であり、削除を求めます」

「検察官はどうお考えですか」

中本裁判長が出島検事にきいた。

「これは被告人の性格を語る上で、欠かせません。過去の事件を蒸し返そうという目的ではなく、妊娠していた岡村優香さんとの揉め事を通して、被告人の人間性の部分を追及したいのです」

出島検事が反論した。

「そうですか。しかし、実際に自殺として処理された件であり、殺人容疑で捜査していたという記載に関しては弁護人の指摘するように、裁判員に誤った印象を与えかねません。殺人と見て、という箇所を削除してください」

中本裁判長が淡々と話した。

「はい」

出島検事が静かに答えた。

「もうひとつあります」

水田は声を上げた。

「何でしょう」

中本裁判長が手で促した。

「事故死と偽装して現場から立ち去ろうとしたとありますが、これについては被告人が認めているわけでもありませんし、検察側の勝手な解釈でしかありません。また、事故死と偽装するという考えは、過去に被告人が同じことをしているという先入観から生まれたものです」

水田は断言した。

「いえ、証拠として提出する実況見分調書で、栗林大樹が落ちた窓から指紋が検出されていないことがわかっております。これは明らかに、事件現場から被告人の存在を消そうとしたことの表れであり、偽装していたと考えられます」

出島検事が自信に満ちた声で言った。

「指紋が残っていなかったからと言って、梶塚さんが消したとは言えません。検察側は憶測ではなく、梶塚さんが指紋を消したということを証明しなければならないと考えます」

水田は言い返した。

中本裁判長は水田の主張を受け入れ、証明予定事実記載書から事故死と偽装してという箇所を削除することを命じた。

それから、次に進んだ。

「弁護人は被告人の殺人容疑を否認するのですね」

中本裁判長は水田に確かめた。

「はい、その通りです」

水田は、はっきりと答えた。

「今後の裁判の争点になると思いますので、繰り返しになりますが、被告人が故意に突き落としたわけではないのですね」

中本裁判長が確かめた。

「そうです」

水田は頷いた。

「では、次に証拠の整理に入ります。請求予定証拠で開示されている証拠についてです」

と、中本裁判長は続けた。

検察側は、梶塚修一が栗林大樹を殺す意思があって突き落としたということを証明するため、証拠をふたつ提示している。

「まず、栗林大樹さんが帝都大に行く前日に友人に送ったメッセージですが」

と、中本裁判長は書類に目を落とした。

四月十六日に栗林が岡村優香の転落死に関して暴露すると修一に言いに行ったことを裏付ける証拠として、栗林が四月十五日に友人に送ったＳＮＳのメッセージのコピーを出島検事は出してきた。

そのメッセージには、『りさ子を殺して、自分も死ぬつもりだ』と書かれていた。さらに、栗林がそれまでにも友人にりさ子に対する思いや、修一に対する恨みを書き綴《つづ》ったものなどもある。また、『梶塚は人殺しだ』と岡村優香の件を示唆する文面もあった。

「これらの証拠について、弁護人はいかにお考えですか」

中本裁判長が水田にきいた。

「これらのメッセージによって、梶塚さんが栗林さんに殺意を抱くという考えは飛躍し過ぎています。なので、証拠として採用するべきではありません」

水田は鋭く指摘した。

「裁判長、自分の恋人を殺すだとか、実際に自殺か殺しかはともかく、過去の件で人殺しと責められて憤りを覚えないはずがありません。被告人はそれに対して、殺意を抱いたと十分に考えられます」

出島検事が反論した。

「なるほど。両者の主張はよくわかりました。このことに関しては争点となりますね」

中本裁判長は水田と出島検事の顔を交互に見て言った。

「次に証人申請に移ります」

証人申請は延べ六人いる。

一人目は葛飾中央警察署の松本《まつもと》警部補だ。今回の事件の捜査に関してきくとのことだ。二人目は栗林の隣に住む木村隆《きむらたかし》という男だ。木村は事件後に修一を取り押さえている。三人目は、島袋亮也《しまぶくろりようや》という帝都大学の大学院生である。彼は栗林が帝都大に行ったときに、修一と揉み合っているのを目撃している。四人目は帝都大学文学部准教授の花井早紀《はないさき》、以前修一と交際していた人物だ。五人目に再び松本警部補の名前が挙がっている。この時には、岡村優香が転落死した時の捜査の件をきくそうだ。そして、六人目は都内のタクシー運転手の橋本仁志《はしもとひとし》で、修一の情状証人として呼びたいとのことであった。水田はこのタクシー運転手について知らない。

「まず、一人目の葛飾中央警察署の松本巌《いわお》証人について、弁護人はどのようにお考えですか」

中本裁判長がきいた。

「本件に関しては証人として出廷して頂くのは当然だと思いますが、その時に以前付き合っていた女性の件について証言させることはあってはならないと思います。すでに処理されている事に対して、それを覆すような主張をして、裁判員に悪い印象を与えかねません。証明予定事実記載書からも削除を求めたように、二回目の、梶塚さんが以前交際されていた女性が転落死した事件の証人尋問は認めるべきではありません」

水田は声を張って意見を述べた。

「それは違います。先ほども言いましたように、被告人の人間性の部分を追及したいのです。松本証人は当時の捜査で、岡村優香さんの件だけではなく、被告人の過去や身の回りのことも詳しく調べています。そのことも尋問したいと思いますので、松本証人の尋問が必要不可欠です」

出島はすかさず反論した。

「しかし、松本証人は岡村優香さんの件で、警察が下した自殺という処理とは違い、梶塚さんが殺したと考えています。松本証人は、梶塚さんを殺人者という偏見の目で見ています。梶塚さんの人間性を勝手に決めつけられてしまう懸念があります」

水田は熱い声で言い返した。

中本裁判長は表情を変えなかったが、判断を見合わせているようだった。

「裁判長、松本警部補が証人の中で誰よりも被告人のことを調べているんです。その上で松本警部補は被告人の性格を判断しています。そこには何の利害関係もありません。松本証人は公平に見て、被告人について多くの重要なことを語ることが出来ます」

出島が裁判長に強く訴えた。

「今回の事件では、被告人の人間性も重要になってくるでしょう。過去のことも含めて、松本警部補の証言は認めたいと思います。ただし、被告人が過去に付き合っていた女性が転落死した件に関して、殺人だと決めつけることはないようにしてください」

中本裁判長が釘《くぎ》を刺した。

「第三の証人である学生の島袋亮也についてはどうですか。事件三日前のことをわざわざ裁判で証言してもらう必要はないと思いますが」

裁判長が水田にきいた。

裁判員裁判になるので、証人を絞り裁判員の負担を減らしたいのだろう。

「島袋亮也については、弁護側の証人として考えています」

「検察官、いかがですか」

「それでかまいません」

出島検事は頷いた。

「帝都大学准教授の花井早紀さんについてですが」

中本裁判長が言った。

「結構ですが、以前付き合っていて、あまりいい別れ方をしなかったのか多少感情的に被告人の人格などを表すことも考えられます。それだけ、注意して頂ければと思います」

水田は彼女の証言がどう転ぶか分からないので、そう言っておいた。

次に橋本仁志について話し合った。以前、修一と過去に付き合っていた女性のふたりを乗せたタクシーの運転手だそうだ。

「橋本仁志さんという方は、どのような証言をするのですか」

水田は出島検事にきいた。

「橋本証人は被告人と過去に付き合っていた女性を乗せた時にふたりが口論する内容を耳にしています。さらに、橋本証人はその後も一度、その女性を乗せたことがあるそうで、その時の様子などもききたいと思います」

出島検事が答えた。

「そうですか」

水田は松本警部補の証人尋問に対して、さらに裏付けを取るようなものだと思ったが、ただ二回乗せただけでは大した証言にならないと感じた。

「先生」

隣で修一が小さく呟《つぶや》いた。

「裁判長、梶塚さんが何か言いたいことがあるそうなので、聞いてもよろしいでしょうか」

「ええ、どうぞ」

中本裁判長がそう言うと、

「何ですか」

修一に顔を向けた。

「その証人に関しても、認めないでください」

修一は低く、重い声で言った。

「どうしてですか」

「私自身、覚えていないことですし、何を言われるか予想できないのが嫌なのです」

「そうですか」

水田は修一に応え、

「裁判長、梶塚さんは橋本証人に関して覚えがありませんし、今回の事件にも関係のない人物です。よって、橋本証人を認めません」

と、告げた。

しかし、中本裁判長は証人を認めることを決めた。

水田は修一の考え過ぎだと思いながら、中本裁判長に対してさらに反論することはなかった。

そして、被告人側の弁論要旨の提出期限と証拠調べ請求の期限を定めた。

弁護側は検察側の予定事実記載書に対して、弁護の内容、また、どのような証拠で反論をするのかを弁論要旨で提示しなければならない。

その提出期限は二週間後となった。

「何か伝えておくべきことはありますか」

最後に中本裁判長がきいた。

「はい」

水田は言った。

「なんでしょう？」

「手錠や腰縄は入廷する前に外してもらえないでしょうか」

日弁連はこのことを法務省に訴えており、水田もその方が裁判員に対する印象を良くすると考えていた。

中本裁判長はしばらく黙っていたが、

「それに関しては次回の公判前整理手続きまでに考えておきます」

と言って、第一回公判前整理手続きは終了した。

修一を見ると、険のある目つきでどこか一点を見つめていた。


翌日、水田は葛飾中央警察署に収監されている修一を訪ねた。

起訴される前は毎日のように接見していたが、起訴後は取り調べもなく、いまは週に一度くらいだ。

修一は弁護人以外の接見禁止処分がついていた。理由としては、証拠の隠滅や偽証を依頼するおそれがあるという裁判所の判断だった。

接見禁止処分には三通りある。

接見、手紙、差し入れ、全てが禁止されるケース。接見、手紙が禁止されるケース。接見のみが禁止されるケースである。

修一の場合は、接見と手紙が禁止されていた。

それなので、りさ子とは会いたくても会えないでいる。水田も修一からの抗議を受けて、東京地裁に接見禁止処分の解除の申し立てをしたが、未《いま》だに認められていない。

「先生、どうなりましたか」

まず、修一がそのことを気にしてきいてきた。

「まだ解除されません」

水田は自分の非力を感じ、申し訳ない気持ちで答えた。もし、これが所長の鉢山泰三《はちやまたいぞう》や薫子《かおるこ》だったら、接見禁止処分の正当な理由がないということを上手く裁判所に申し立てることが出来て、解除されるのではないかと思った。

「引き続き、申し立てをしますので」

水田は肩を落とす修一を励ますように言った。

「ありがとうございます。ところで、昨日の公判前整理手続きなのですが、検察側の主張は言いがかりにしか過ぎません。岡村優香の件は関係ありません」

修一は力強く言った。

「わかっています。公判ではそれが本件とは何ら関係がないことを主張します。予定事実記載書からは殺人の疑いが掛かっていたということを削除してもらいましたし、証人尋問で葛飾中央署の松本警部補に検察官があの件をきいたとしても、以前に自殺と認定されていますので、その点を裁判員に私が指摘しておきます」

「それから、証人のタクシーの運転手に覚えがありません。水田先生がなぜ中本裁判長に反論しなかったのかが納得できません」

修一はいつになく、露骨に腹立たしそうに言った。そういう態度を見せる修一を初めて見る。

だが、今まで他に担当してきた依頼人を見ても、こちらから見れば大した問題でなくとも、依頼人にとってはかなり深刻である場合も少なくない。

修一は起訴された後、りさ子とも会えず、いくら気丈に振る舞っているとは言えども、精神的に参っているだろう。

「では、どちらの件についても、あまり裁判で話が及ばないように対策を練ります」

「お願いします。彼女のことについて、りさ子は知りません。裁判を傍聴したときにいきなり松本警部補が作り上げた嘘《うそ》を聞かされても嫌なので、りさ子に会って事情を説明したいのですが」

修一は必死になって頼んでいた。

「再度、裁判所に申し立てをしてみますが、私から伝えておきましょうか」

水田がきいた。

「最悪、そうしてもらいます。でも、私から直接話がしたいんです」

修一は真剣な顔で頼み込んでいた。

水田は訴えに大きく頷いたが、確実に接見禁止処分の解除が出来るとは言えなかった。

「念のためにおききしますが、岡村優香さんの転落死について、梶塚さんの主張を詳しく話して頂けますか」

水田はメモの準備をした。

「はい、構いません」

修一は低い声で答えた。

「警察は転落死したときに、梶塚さんがマンションにいたと言っているのですよね」

「そうです」

「でも、実際はご実家にいらっしゃったんですね」

「はい」

「ご実家はどちらでしたっけ？」

「恵比寿《えびす》です」

水田は頭の中で、恵比寿と四つ木の距離を思い浮かべた。仮に警察が言うように、岡村優香を突き落としてから自宅にすぐ向かったとしても、一時間近くはかかるだろう。修一のアリバイは父親しかいないとしても、四つ木から恵比寿までの間の防犯カメラ映像や確実な目撃証言がない限り、やはり修一が殺したと考えるのは無理がある。

「ご実家で何をされていたのですか」

殺しではないと思いながらも、水田は確認した。

「父に相談事をしていました」

「相談事?」

「ええ、ちょっと新しいビジネスのアイデアが思い浮かび、起業をしたいと考えたので、その資金を借りられないか頼んでいました」

「なるほど。その場には父親以外はいましたか」

「いえ、いません。元々、母は私が幼い頃に病気で亡くなっていますし、兄弟もいませんので」

修一は説明した。

「ご実家に帰られる前に、岡村優香さんと会っていたというようなことはありませんか」

水田がきいた。

「いえ、その日は電話で話しただけです」

修一はすぐさま答えた。

「何の話をしていたのでしょうか」

「彼女はどこか精神が不安定なところがあり、電話で相談に乗っていました」

「どんなことを相談されたか覚えていますか」

「自分は生きていても意味がないといったようなことです」

「それに対して、何と答えましたか」

「死んではいけないということを言いましたが、なぜ死んではいけないのかわからないとずっと言っていました」

「彼女にそういうことはよくあったのですか」

「はい」

「警察は、彼女が妊娠中だったと言ってますが」

「私はそれを知りませんでした。それに、彼女が妊娠中だとしても私の子どもとは限りません」

「どういうことでしょう？」

「彼女は性に奔放でした」

「奔放？」

「はい。すごく寂しがり屋で、私が常に一緒にいてあげられるわけではありませんでしたので、他の男性に寂しさのはけ口を求めたのでしょう」

修一は決めつけるように言った。

「何か証拠があるのでしょうか?」

「はい。私は彼女が他の男と一緒にいる現場を目撃しています。それで問い詰めたら、彼女は認めていました」

「その男は誰かわかりますか」

「わかりません」

「そうですか。ちなみに、他の男と一緒にいるのを発見したというのは転落死よりもどのくらい前でしょうか」

「大体一か月くらい前です」

「では、それを知ってからも、岡村優香さんとは別れなかったのですね」

「はい。彼女は精神が不安定でした。何度も自殺すると口走っていたほどです。他の男と付き合っていたのも私に構って欲しいからです」

修一は再び決めつけるように言った。

「そういう彼女を嫌にはならなかったのですか」

水田はきいた。

「いえ、彼女は付き合う当初から感情の起伏が激しいところがありましたので慣れていました。むしろ、私が支えていかなければならないと思っていました」

「岡村優香さんは亡くなる前はどのような感じだったのですか」

「よくむしゃくしゃして、私に当たってきました。それで、心配はしていたのですが、飛び降りて自殺してしまいました」

「その時のお気持ちはどうでしたか」

「かなりショックでした。そして、自分を責めました。もっと、彼女の気持ちを汲《く》み取ってあげることが出来たら自殺しなかったんじゃないかと思いました」

修一は後悔しているような口ぶりだったが、どこか他人事《ひとごと》のように見えた。岡村優香ははたして修一の語るような女性だったのだろうかと気になった。

2

水田は接見が終わると、修一の父親、紘一《こういち》の会社に電話をした。

初め、電話口に出た女性は、取材のことなら全てお断りさせていただいておりますと丁寧に断っていたが、水田が修一の弁護士で、社長に話がしたいと説明すると、すぐに電話を繋《つな》いでくれた。

「もしもし、梶塚紘一です」

「鉢山法律事務所の水田と申します。修一さんの弁護をしております。お話を伺いたいのですが」

「そうですか」

相手の声は暗かった。

今まで修一の父が何も連絡をしてこなかったのが不思議であった。他の依頼人であれば、家族が捕まった場合に弁護人に連絡を取ったりするものだ。修一と話をしている限りでは、修一は父親のことを尊敬しているようであったが、実際には違うのだろうか。

「ご都合は如何《いかが》でしょうか」

「ちょっと忙しいのですが、十九時までに会社に来ていただけるようでしたら、お話は出来ます」

「わかりました。会社の住所をお伺いできますか」

「はい」

紘一は品川にある住所を言った。

水田は電話を切ると、最寄りの駅から電車に乗って、小一時間かけて、品川にある梶塚修一の父親の会社に行った。

会社は五十階建てくらいの高層ビルであった。

受付に行って名乗ると、すぐに近くにいた背の高い黒い無地のスーツを着た三十くらいの男が近づいて来た。

「水田先生ですか」

「そうですが」

「社長秘書をしているものです。どうぞ、付いて来てください」

秘書に従って、ガラス張りで外が見渡せるエレベーターに乗った。

四十八階のボタンが押された。

「随分、高いですね」

水田は外を見ながら、ポツンと呟《つぶや》いた。

「去年の九月にこちらに引っ越してきたんです」

「まだ新しいんですね」

「ええ、事業を拡大しておりまして、以前のオフィスだけでは従業員が入り切らなくなってしまいましたので」

そんな話をしているうちに、四十八階に着いた。

水田は秘書に扉を押さえてもらいながら降りると、そこから長い廊下を何度か曲がって、社長室と書かれた部屋に辿《たど》り着いた。

秘書がドアをノックした。

「どうぞ」

中から渋い声がした。

秘書はドアを開け、水田を中に入らせた。

東京湾が見渡せる窓を背面として、奥に重厚な机が置いてある。その前にソファセットがあった。

「先生、わざわざありがとうございます」

高そうな光沢のあるグレーのスーツを着た白髪混じりの男が、ソファを手のひらで示しながら言った。

「恐れ入ります。鉢山法律事務所の水田です」

水田は名刺を渡して、相手からも名刺をもらうと腰を下ろした。

「倅《せがれ》がご迷惑をおかけしています」

「いいえ、修一さんは無罪です。私がきっと冤罪《えんざい》を晴らしてみせますので」

水田は意気込んで言った。

「本当に修一は無罪なのですか」

紘一は疑わしそうな口調で、首を傾《かし》げた。

「はい、検察は見込み捜査で修一さんの仕業だと決めつけています。その原因は二年前に修一さんと当時付き合っていた岡村優香さんという女性が転落死した件で、警察は修一さんの犯行と疑っていたにも拘《かか》わらず、結局は自殺と認定した苦い過去があるからです。もちろん、その転落死の件においても、私は修一さんの仕業ではないと思っております」

水田は丁寧に説明した。

しかし、紘一の顔は一向に晴れなかった。

「倅が突き落としたわけではありません。ただ、倅が自殺に追い込んだのではないかとも思っています」

紘一は眉間に皺《しわ》を寄せた。

「どうして、そう考えるのですか」

水田はすかさずきいた。

「彼女は妊娠していたそうですね。倅の子でしょう。そのことで、彼女にきつく当たって、相当酷《ひど》いことを言ったのではないかと心配です。倅は私に似て気性が激しいところがありますから」

紘一が呆《あき》れるように言った。

「岡村優香さんは、他の男性ともお付き合いされていたようでしたけど」

「いや、倅は他の男と付き合うような女だったら、すぐに別れてしまいますよ。何しろ、自尊心が人一倍強いですから」

紘一が冷たい言い方をした。

修一は彼女に寄り添っていたように言っていたが……。

「失礼ですが、親子関係はどうなのかきかせていただいてもよろしいでしょうか」

水田は疑問に思って尋ねた。

「そうですね。うちは世間でいう親子の形とは違うような気もします」

「と、いいますと？」

「幼い頃から、修一には私のことを社長と呼ばせていましたし、一緒に遊ぶようなこともありませんでした。私のことは畏敬の念を抱いて見ていました」

紘一は当たり前のように言った。

「では、あまり親しい会話などはされていないのですか」

「会えば近況などはききますが、それ以上のことは特に……」

首を傾げながら答える紘一の目が、どことなく冷たく感じた。

「そうですか。ちなみに、岡村優香さんが転落死された日、修一さんはあなたに新しいビジネスの相談をしていたと言っていましたが」

「そうです。話は聞いていましたが、大したアイデアではなかったので、私はまともに取りあいませんでした。それもあって、倅は自棄《やけ》になり、付き合っていた女性に何か酷いことを言ったのではないかとも思いました」

「そのことを修一さんに確かめたり、警察に話したりしましたか」

「いえ、何の確証もありませんでしたから」

紘一は一息ついて、

「ところで、今回の事件について新聞報道などを見ましたが、修一は本当に突き落としていないんですか」

と、疑わしそうな目できいた。

「修一さんは無実です。現在お付き合いされている吉高りさ子さんという女性のストーカーと話を付けに行ったんです。その時に、相手は誤って落ちてしまいました」

水田が説明した。

「でも、修一はその場から逃げようとしたところを取り押さえられたんですよね」

「本人は飛び降りた男の様子を見に行こうとしただけだと言っています」

「そうですか。裁判ではどのようになるのでしょう。裁判員には良い印象は与えられないのではないでしょうか。岡村優香さんの件もありますし」

紘一が渋い顔で言った。

「あの件はもう自殺となっていますし、今回の件はまた別物ですから」

水田が言った。

「勝てる見込みがあるのですか」

紘一が確かめた。

「はい」

水田は力強く頷いた。

「そうですか。では、倅のことは頼みます」

紘一が頭を下げた。

だが、どこか冷めた目が気にかかった。


次の日、水田は帝都大を訪れた。

キャンパス内では、帝都大の大学院生が捕まったというような暗い雰囲気は全くなかった。

水田はスーツを着ているものの、まだ学生と思われたのか、

「テニスサークルに入りませんか」

と、茶髪の派手な男子学生に声をかけられた。

「いえ、学生じゃないので」

水田は断ると、法文一号館に向かって歩き出した。

島袋亮也という証人に挙がっている男子学生は、文学部の大学院生で、もうひとりの証人である花井早紀の講義を受けていることがわかった。

水田は校舎に入り、花井早紀の講義が終わるまで待っていた。そして、授業が終わり

学生たちが講義室から出て来ると、水田はひとりでいる、眉毛が濃く、目鼻立ちがはっきりとしているいかにも沖縄出身らしい顔立ちの学生に近づいた。

「島袋亮也さんですね」

水田は辺りを憚《はばか》ってきいた。幸いにも、他の学生からの視線を感じることはなかった。

「そうですが」

島袋は訝《いぶか》しそうな顔で答えた。

「鉢山法律事務所の水田と申します」

「あ、はい」

「検察に話したことを教えてください」

水田は頼んだ。

島袋は腕時計を確認して、

「そんなに時間がかからないのであれば」

と、答えた。

「あの日、梶塚修一さんと死亡された栗林大樹さんが話し合いをしているところを見かけたということですね」

「そうです」

「どこで見かけたのですか」

「法文一号館の近くです。大きな木がありまして、そこの前です」

「案内していただけますか」

「わかりました」

ふたりは校舎を出て、大きな木の前に向かった。

その間に話していると、島袋と梶塚は親しいという間柄ではないが、柔道を通じた顔見知りであることがわかった。島袋は梶塚のことを成績が優秀であるのと同時に、柔道にも強く文武両道を兼ね備えた同学年だが憧れの存在と思っていたと話した。さらに、背も高く、顔も整っているため、大学内で一目置かれていると言っていた。

ふたりが大きな木の前に着くと、

「この辺りで、梶塚ともうひとりの男が険悪な様子でした」

島袋が指で示した。

「険悪というのはどういうことですか」

「もうひとりの男が『ユウカが何とか』と言って梶塚に摑《つか》み掛かってきたのです。僕が止めに入ろうとしたとき、梶塚が相手の手を払いのけようとして手が顔に当たってしまったようです。相手の男は顔を押さえて、うずくまりました」

「その他に何も言っていなかったですか」

「何も言っていなかったです」

島袋は、はっきりと答えた。

「梶塚さんはまた殴ろうとはしていませんでしたか」

「はい。ただ手が当たっただけのようなので。本気で喧嘩《けんか》になったら、梶塚は大変なことになります」

島袋は一息ついて、

「梶塚は以前、大学の近くのコンビニの前で屯《たむろ》していたヤンキー三人くらいに絡まれたことがあったんです。その時に、梶塚は無視して通り過ぎようとしたところ、ひとりが梶塚の胸ぐらを摑んで、ふたりが取り囲んで押し倒そうとしました。でも、梶塚は三人を軽々投げ飛ばしていました」

と、話した。

「あなたはそれを見ていたのですか」

「道路を挟んだところで見ていました」

島袋は答えた。

「そうですか。手が当たったあとの、梶塚さんの様子を教えてください」

「梶塚は僕たちには騒いで申し訳ないと謝っていました」

「それから、警察を呼んだのですか」

「まず、大学の警備のひとたちが来ました。それで、文学部の責任者なども来て、梶塚はどこかに連れて行かれたので、その後のことはわかりません」

水田が島袋から聞くことが出来たのは以上であった。

次に修一が栗林の部屋から出たとき取り押さえた、隣に住む男を訪ねてみようと思った。


水田は新小岩の栗林が住んでいたマンションに向かった。マンションに着いたときには夕闇が広がっていた。

エントランスの中に入ってすぐの小窓を覗《のぞ》き、

「鉢山法律事務所の水田です」

と、頭を下げた。

ここに来る数時間前に、マンションの管理人には連絡してあった。

「栗林さんを取り押さえた方は八〇三号室に住む木村隆さんです。五十歳くらいで、ご夫婦で住んでいます。先ほど、木村さんがお仕事から戻られたときに、水田さんがお話を聞きたがっている旨を話しました」

と、説明した。

木村は修一を取り押さえただけでなく、隣から激しい物音が聞こえたことで警察に通報もしている。

「ありがとうございます」

水田は礼を言って、八階までエレベーターで上り、八〇三号室のインターホンを押した。

足音が聞こえてからドアが開き、五十過ぎの小太りの男が出てきた。

「鉢山法律事務所の水田と申します」

水田が名乗ると、中からカレーの匂いが漂ってきた。

「どうも、木村です。さきほど管理人さんから聞きました」

「隣の部屋から出てきた男性を取り押さえたときのお話をきかせていただいてもよろしいですか」

「ええ、汚いですがどうぞ」

水田は中に通された。ドアを開けると短い土間があり、すぐに上がり口になる。そこから廊下が続き、突き当たりの扉を開けると、左手に小さなキッチンがあって、リビングになっていた。

キッチンでは、木村の妻がお玉を持って鍋をかき混ぜている。

「こんな時間にすみません」

水田は頭を下げて、木村に勧められて一輪挿しの頸《くび》の長い花瓶が置いてあるテーブルに着いた。

水田は木村と対面に座った。

「さっそくですが、事件の日、隣で揉み合っている音は聞こえてきましたか」

水田が切り出した。

「はい、叫び声や物を倒す音などが聞こえてきました。ちょうど、この壁にもぶつかる音がして、只事ではないなと思ったんです」

木村が壁を指した。

「どのようなことを叫んでいたのですか」

「俺を殺す気かと叫んでいました」

「それは栗林さんの声でしたか」

「多分、そうだと思います」

木村は頷いた。

「本当にそんなことを言っていたのですか」

水田は確かめた。

「はい、はっきり聞きました」

「その声を他のひとも聞いているのでしょうか」

「うちの家内も聞いていました」

キッチンにいる妻に目を遣《や》ると、妻は頷いていた。

「そうですか。警察にはどのように通報したのですか」

水田がきき、

「隣の部屋で揉め事が起きているので、すぐに来てくれと言いました」

木村は思い出すようにして言い、

「それから、マンションの一階に降りて管理人に知らせようと思いました。しかし、管理人室には外回り中という札が立てられていました。私は外に出て、管理人さんを探していると、上からひとが落ちてきたんです。見上げてみると、八〇二号室の窓が開いていて、精悍《せいかん》な顔立ちの若い男が下を見て、私と目が合うとすぐに姿を消しました。それから、私はまた警察に電話してから、急いで自分の部屋に戻ろうと思いました。そして、エレベーターからさっき窓から覗いていた男が出てきて、逃げようとしたので取り押さえたんです」

と、語った。

「あなたが取り押さえたときに、相手は抵抗しませんでしたか」

「放してくださいと言っていました。すぐに警察官も駆け付けたので、あとは警察官に任せました」

柔道の黒帯である修一であれば、この男に押さえ込まれたとしても振り切れる力はあるはずだ。

「あなたは柔道か何かやっていましたか」

「学生の時に長距離走をしたくらいです」

木村は答えた。

そのような相手であれば修一は振り切れる。本当に突き落としていたとしたら、もっと必死に逃げるだろう。

ただ、栗林が殺す気かと言っていたのが気になる。揉めているときの弾みで発したと解釈できる。

水田はそれからいくつか質問したが、裁判に役立ちそうなものは得られなかった。

「夕食時にお邪魔してすみませんでした」

と、木村と妻に詫《わ》びてから、マンションを後にした。


水田はその日の夜から弁論要旨を書き始めた。そして、証人となる人物は恋人の吉高りさ子とりさ子の友人の木南結衣、栗林の隣に住む木村隆であった。

水田の弁護はこうだ。

梶塚修一は令和二年四月十九日に江戸川区新小岩の栗林大樹のマンションへ、恋人の吉高りさ子に対するストーカーや、自分自身に対する嫌がらせを止めるための話し合いに訪れた。

だが、栗林は修一と話しているうちに、いきなり怒りだして、部屋中を荒らした。そして、修一と揉み合いになった。栗林は窓を開け、修一に突進して突き落とそうとした。だが、修一が躱《かわ》すと、栗林はその弾みで窓から転落した。

水田が証人として出廷させるのは、吉高りさ子、春日《かすが》署の土田《つちだ》将太《しょうた》巡査のふたりである。土田巡査はりさ子がマンションに帰る途中、播磨《はりま》坂《ざか》で栗林が刃物を突きつけたときに来た巡査である。彼は栗林の刃物を見ていないと言っているが、りさ子が実際にそのようなことを訴えたとわかれば良い。

二週間後、東京地裁の小会議室で第二回の公判前整理手続きが行われて、弁護側の主張を伝えた。

初公判はそれから一か月半後に開かれることとなった。

3

濃い夏の陽射《ひざ》しが東京地裁を照らしている。

午後二時前、法廷は少しざわついていた。

水田が弁護人席から傍聴席を見渡してみると、りさ子や文化新聞のポニーテールの記者などの知っている顔がある。しかし、梶塚修一の父親はいなかった。

廷吏、書記官、出島検事はすでに入廷していて、あとは被告人の梶塚修一、そして判事と裁判員が来るのを待つだけだった。

やがて、修一が看守に連れられて法廷に入って来た。取り外し可能なネクタイを付け、革靴に見えるようなスリッパを履いている。手錠と腰縄は付けていない。第二回の公判前整理手続きの時に、中本裁判長は水田の申し立てを受け入れた。水田は他の事件の裁判でも手錠と腰縄を外すように依頼していたが、殆《ほとん》ど申し立てが受け入れられることはなかった。特に修一は現場から逃走していると見られており、そのようなことが認められるのは意外だったが、修一の毅然《きぜん》とした対応が奏功したのだと思った。

修一は被告人席に向かった。腰を下ろす前に、傍聴席に目を向け、りさ子と顔を見合わせた。しばらくお互いを見つめていたが、やがて顔を水田に向けた。

「先生、よろしくお願いします」

修一が話しかけてきた。

すると、看守が修一の袖を引っ張って注意した。

定刻の午後二時、裁判員六名と裁判官三人が入廷した。裁判員は二十代から六十代までおり、男性三人に女性三人であった。

次第に法廷は静寂に包まれた。

「起立」

廷吏が声を掛けると、法廷にいた全員が立ち上がった。

中本秀子裁判長と他のふたりの男性判事が壇上にあがり、席に座った。

「被告人、前に出てください」

中本裁判長が声を掛ける。

修一は立ち上がって深呼吸をしてから、証言台の前に立った。

「名前を述べてください」

「梶塚修一です」

「生年月日は？」

「一九九五年四月二十日です」

「本籍は？」

「東京都渋谷区恵比寿一丁目六番地三十号です」

「職業は？」

「大学院生です」

修一は中本裁判長の問いに、落ち着いた態度で答えた。

「では、検察官、起訴状を読み上げてください」

中本裁判長が出島検事を見た。

出島検事は立ち上がると、起訴状記載の公訴事実と罰条をゆっくりと語り掛けるように読み上げた。

公訴事実は、被告人は栗林大樹が吉高りさ子を殺してから自分も死ぬと言うことに対して、場合によっては殺しても構わないという思いで栗林のマンションに行き、話し合いがこじれて、被告人が窓から栗林を突き落として殺したということであった。最後に、「刑法第一九九条の殺人罪」と一段と声を大きくして、出島検事は起訴状の朗読を終えた。

出島検事の後ろの大型ディスプレイには、起訴状の内容が箇条書きで映し出されていた。

「では、これから被告人の意見陳述に入りますが、その前に被告人に注意しておきます。審理中、裁判官や検察官、弁護人からいろいろ陳述を求められることがあると思いますが、被告人には黙秘権と供述拒否権があります。陳述を求められても何も話さなくても結構ですし、述べてよいという質問にだけ答えてもらってかまいません。ただ、述べることに関しては全て本当のことを話さなければなりません。わかりましたか」

中本裁判長が釘を刺した。

「はい」

修一は中本裁判長をまっすぐ見て、はっきりと答えた。

書記官がパソコンにタイピングをしている。

「さきほど、検察官が朗読した公訴事実に対して意見はありますか」

中本裁判官がきいた。

「はい、私は栗林大樹さんに殺意を抱きもしなければ、突き落としたという事実もありません。相手が襲い掛かってきたので、それを避《よ》けたときに窓から転落したのです」

修一は簡潔に無実を訴えた。

裁判員の反応は人それぞれだったが、緊張しているのか表情が硬かった。

「弁護人はいかがですか」

中本裁判長が水田に顔を向けた。

「まず、本件は無実のため、被告人と呼ばずに梶塚さんと呼ばせて頂きます。梶塚さんが殺意を抱いていたというのは本人も否定している通り、事実ではありません。それに相手が窓際に立っている梶塚修一さんに向かって突進してきたのを避けて、弾みで窓から落ちたということもあり、刑法第一九九条の殺人罪は適用されません」

水田は修一の言ったことをなぞるようだが、裁判員に向かって訴えた。

これで、冒頭手続きは終了した。

「証拠調べ手続きに入ります。検察官は冒頭陳述をどうぞ」

中本裁判長の進行を受け、出島検事が手に書類を持って立ち上がった。

「私が冒頭陳述を行う内容は、冒頭陳述書に書いてある通りです。こちらを朗読させて頂きます」

出島検事が裁判員たちを気遣うようにして言った。

それから、朗読が始まった。

冒頭陳述は、まず修一の経歴から始まった。

検察側の大型ディスプレイに要点が箇条書きで以下のように表示された。

・父子家庭で人一倍自尊心が強く、負けず嫌い。
・恋人の吉高りさ子から栗林大樹のストーカー被害の相談を受けていた。
・栗林大樹に注意をしていた。
・四月十六日、栗林が「吉高りさ子を殺して、自分も死ぬ」という旨を伝えた。
・四月十九日、江戸川区新小岩の栗林のマンションを場合によっては殺しても構わないという思いで訪れた。
・話し合いが決裂。窓を開けて、栗林大樹を突き落とした。
・窓に残った指紋を拭き取った。
・マンションの住人に取り押さえられた。
・過去に女性の転落死に関わっている。

出島検事が席に座ると、中本裁判長は水田に顔を向けた。

「では、弁護人も冒頭陳述を行って下さい」

促されてから、水田は立ち上がった。

裁判員一人ひとりの顔を見てから、口を開いた。

「梶塚修一さんは以前より、恋人の吉高りさ子さんから栗林大樹から受けているストーカー行為について相談されていました。その中には、吉高さんが刃物を突きつけられるということもありました。梶塚さんと吉高さんの関係は非常に良好で、梶塚さんは常に吉高さんのことを考えて行動をしていました。そして、四月十六日に梶塚さんは栗林大樹から『りさ子を殺して、自分も死ぬ』と言われ、梶塚さんはその言葉をただの脅しだろうと思う一方、以前に吉高さんが刃物を突きつけられたこともあるので、万が一殺されるようなことがあれば大変だと思い、栗林大樹と話し合いで解決するつもりでした。四月十九日に栗林大樹の自宅に話し合いに行くことになりました。これは前もって、日時を梶塚さんと栗林大樹がふたりで決めていました。梶塚さんが栗林の家に行き、話し合いをしているうちに、栗林大樹が窓を開けました。そして、栗林大樹は梶塚さんに窓を背にさせ、梶塚さんに突進してきました。彼は高校時代にラグビー部で、梶塚さんを窓から突き落とそうとした意図が見受けられます。梶塚さんは栗林大樹を躱しました。するると、栗林大樹は弾みで窓から落ちてしまいます。梶塚さんは窓から下を見て、栗林を確認しましたが、激しい雨や梶塚さんの視力が問題でなかなか見えません。そして、部屋を出て栗林が落ちた駐車場まで様子を見に行こうとしたところ、エントランスで住人の木村隆さんに取り押さえられました」

水田が説明している間にも、水田の後ろにある大きなディスプレイには、要点がまとめて表示されていた。

「裁判官、ならびに裁判員の方々に重ねて申し上げますが、梶塚修一さんは無実です。恋人思いの梶塚さんが、わざわざ悲しませるようなことをするでしょうか」

水田は最後に力強く訴え、一礼してから席に座った。

「検察側と弁護側の冒頭陳述が終わりましたので、公判前整理手続きでまとめた裁判の争点を説明させて頂きます。争点は三点あります。まず一点目、検察側は、事件当日、被告人が場合によっては殺しても構わないという思いで栗林大樹の自宅マンションへ行ったと主張しています。これに対して、弁護側は、被告人に殺意はなく、話し合いで解決しようとしていたと主張しています」

中本裁判長が裁判員のため、語調を柔らかくし、ひと呼吸おいてから続けた。

「二点目、検察側は被告人が窓を開けて栗林大樹を突き落とそうとしたと主張しています。その理由として、捜査で窓には指紋が一切残っていなかったからです。被告人が栗林大樹を突き落としたあとに指紋を拭いたと考えています。一方、弁護側は、栗林大樹が窓を開け、被告人を突き落とそうと突進してきて、被告人が躱したところ、栗林大樹は弾みで窓から転落したと主張しています。さらに、被告人は高校時代にラグビー部だったと補足しています」

中本裁判長が再び間をあけてから、

「そして、三点目。検察側は、被告人が栗林大樹を事故死に見せかけて逃亡しようとしたところ隣の住人に取り押さえられたと主張しています。弁護側は、被告人が栗林大樹の様子を見に行こうとしたところ、取り押さえられたと主張しています」

と、ゆっくりと丁寧に説明した。

水田は頷きながら、中本裁判長に目を向けていた。

「つぎに公判の予定を申し上げます。この裁判は今日から三日間を予定しています。本日はこのあと、検察側の証拠調べを行います。本日の証人は二名、葛飾中央署の松本巌さん、事件後被告人を取り押さえた会社員の木村隆さんです。このふたりの証人尋問で、事件の内容が見えてくると思います」

中本裁判長は今日の流れを説明した。

その後、明日と明後日の予定も述べた。

明日は、検察側の証人として花井早紀と再び松本警部補の証人尋問を行う。その後弁護側の証人として、帝都大の大学院生の島袋亮也とりさ子の友人の木南結衣を尋問する。

この日は栗林のストーカー行為や事件に至るまでを確認する。

明後日は、検察側の証人である橋本仁志の尋問、吉高りさ子の証人尋問と被告人質問を行い、それから検察官の論告、求刑、弁護人の弁論が行われる。その後、評議を経て裁判官の判決文の言い渡しがある。

「なお、審理の時間は、場合によって多少変動するかもしれません。では、このあと三十分休廷します」

中本裁判長は締めた。

時刻は午後二時五十分であった。

水田が隣にいる修一を見ると、修一は真剣な顔で、真っすぐ前を向き、何やら考えているようだった。

4

午後三時二十分、中本裁判長が開廷を告げた。

それから、検察側の証拠調べをする旨を伝えると、出島検事が書類を持ち、眼鏡をかけて立ち上がった。

「検察側は冒頭陳述で述べたことを証明するため、証拠等関係カード記載のとおり証拠を申請いたします」

出島検事がこう言うと、あらかじめ公判前整理手続きでも用意されていた証拠等関係カード原本と写しを廷吏に渡した。

廷吏は原本を書記官に渡し、写しは裁判官、裁判員、弁護士にそれぞれ配った。

「まず、葛飾中央警察署の松本巌さんです」

中本裁判長の言葉の後に、傍聴席の横のドアが開いて、黒いダブルのスーツを着た松本警部補が係員に連れられて入廷した。

松本警部補は慣れているような顔で証言台の前に立った。

中本裁判長が氏名、生年月日、住所、職業を尋ねる。松本警部補はしゃがれているが、大きくはっきりとした声で答えた。それから、宣誓書を読み上げ、中本裁判長に促されて着席した。

出島検事が咳払《せきばら》いをしてから立ち上がった。

「あなたが新小岩にある栗林の自宅マンションに駆け付けるまでの様子を教えてください」

「はい。葛飾中央署に事件の一報があったのは、四月十九日の午後一時くらいでした。男性がマンションから転落したという一一〇番通報が何件もありました。私が現場に行くと、マンションの横にある時間貸し駐車場で栗林大樹が倒れていました。すでに栗林大樹は死亡していました。そして、所轄の巡査から栗林大樹の部屋から逃げようとした男性をマンションの住人が捕まえたと聞かされました」

松本が順を追って説明した。

「栗林大樹の部屋から逃げようとした男性というのが、被告人の梶塚修一ですね」

「そうです」

「被告人はどこにいたのですか」

「マンションのエントランスで、他の巡査と一緒にいました。私がそこに行ってみると、以前にも捜査をしたことのある男がいたので驚きました」

「以前にも捜査したことがあるというのは？」

「二年前に葛飾区四つ木のマンションから岡村優香という女性が転落して死亡したのです。その件で被告人を殺人の容疑で捜査しました」

「その件はどうなったのですか？」

「一応、自殺として処理されましたが、私は納得していませんでした」

「なぜ被告人を殺人容疑で疑ったのですか」

「岡村優香は妊娠していました。被告人は子どもを堕《お》ろすように説き伏せていたのです。岡村優香は産むつもりだったようです」

「被告人はどうしても堕ろさせたかったわけですね」

と、出島検事が言ったとき、

「異議あり」

水田は手を上げて、慌てて止めた。

中本裁判長は水田に顔を向けて、「どうぞ」と促した。

「いま検察側がきいたのは本件とは関係ありません。今問題にしているのは栗林大樹の転落死に関してです」

水田は鋭く言った。

「異議を認めます。検察官は本件に関してのみ尋問してください」

中本裁判長が注意した。

出島は「わかりました」と頷いてから、尋問を続けた。

「部屋の中の様子はどうでしたか」

「家具が倒れていたり、物が散らかっていました。さらに、窓が開いていました」

「その様子から、あなたはどのようなことが行われたと見ましたか」

「揉み合ったのだと考えました。被告人にきいてみると、それを認めました。ただ、被告人は栗林大樹が襲ってきて躱したところ、弾みで転落したと言っていました。ただ、窓は腰の高さまであり、さらに窓の外には手すりまで付いているため、弾みで落ちるはずはないと考えました」

「なるほど。では、突き落とそうとしたのは確かだったわけですね」

「そうです」

「室内の実況見分で、窓枠を拭いた形跡があったということですが、これはどういうことなのでしょうか」

「窓からは誰の指紋も検出されませんでした。普通、手袋などをしていないかぎり、指紋は残ります。被告人の指紋が検出されなかったとしても、栗林大樹の指紋が残っていないのはおかしいです。窓の指紋を拭き取ったとしか考えられません」

「指紋を拭き取ったのは誰なのですか」

「被告人です」

　松本警部補は野太い声で、決めつけるように言った。

「なぜ被告人は窓を開けたのでしょうか」

「栗林大樹を突き落とす意図があったとしか思えません」

「窓の指紋を拭いたこと以外に、不審な点はありましたか」

「はい。被告人が現場から逃げようとしたことです」

「指紋を拭き取ったことと、現場から逃げようとしたことから考えられるのは、事故死に見せかけるということだったのでしょうか」

　出島検事がきいた。

「裁判長、異議を申し立てます」

水田が手を上げた。

「弁護人」

中本裁判長が促した。

「事故死に見せかけたというのは、飛躍し過ぎています。それに、指紋がなかったからといって、梶塚さんが拭き取ったということにはなりません。梶塚さんは現場から逃げようとしたのではなく、窓から落ちた栗林大樹の様子を見に行こうとしただけだと答えています」

水田がそう言うと、中本裁判長は出島検事の意見をきいた。

「証人は事実に基づいて、警察の見解を話しています」

出島検事が中本裁判長と裁判員に語り掛けるように言った。

「異議を棄却します。検察官は続けてください」

中本裁判長は出島検事に告げた。

「被告人の逮捕は、事件が起きてから十八時間後の翌朝六時でしたね」

出島検事が確かめた。

「そうです」

「その十八時間の間に、どのような捜査が進められたのですか」

「現場検証で被告人が殺したことに間違いはないと確信していました。あとは、殺意があったのかどうかを調べていました。すると、事件の三日前、四月十六日に栗林大樹が被告人を訪ねて帝都大へ行って、『りさ子を殺して、自分も死ぬ』と言っていたことがわかりました」

「その時はどのような状況だったのでしょうか」

「法文一号館舎前でふたりが揉み合いになっていたそうです。そして、先ほどの言葉が出て来ると、被告人が栗林大樹の顔を殴ったそうです。幸いにも栗林大樹に怪我はなく、後日話し合いをすることに決めたようです」

「それが四月十九日ですね」

「そうです。帝都大で殴ったことなどから、被告人は殺意があったとまでは言えないものの、何かあったら殺しても構わないという思いで栗林大樹の自宅を訪れたものだと考えます」

松本が自信ありげな口調で話した。

「以上で主尋問を終わります。ありがとうございました」

出島検事は一礼をしてから、席に着いた。

「次に反対尋問です。弁護人、どうぞ」

中本裁判長が水田に顔を向けた。

水田は立ち上がってから、松本警部補と目を合わせた。

松本警部補は、さっきと変わってきつい表情になっていた。

「梶塚さんが逃げようとしたというのは、何をもって判断したのですか」

水田は尋問を始めた。

「転落したのにも拘わらず、救急車を呼んだり一一〇番通報したりせずに、現場から離れようとしたからです」

「それだけの理由で決めたのですか」

「この二点で十分です」

「どうしてそう言えるのですか？」

「客観的に、そう考えるのは当然です」

松本警部補は当たり前のように答えた。

「梶塚さんは現場から離れたわけをどのように説明しているのですか」

「転落した栗林大樹の様子を見に行こうとしたと」

「それは不自然な行動でしょうか」

「私は二十五年間、警察官として様々な現場に立ち会っています。大概の事故の関係者は救急車や一一〇番通報をしています」

「あくまでも、あなたの経験に基づくものでしかありませんよね」

水田はそう言ってから、

「警察では事件を調べた全員が梶塚さんは逃げたと考えたのですか」

と、きいた。

「そうです」

「その中には、当然あなたより若い刑事もいましたよね」

「はい」

「一番若い刑事で何歳でしたか」

「たしか二十八です」

「その刑事は経験が少ないですが、どのようにして逃げたと判断したのでしょう」

「客観的に、逃げたとしか考えられない状況だからでしょう」

「しかし、客観的にみれば、本人の供述通り、転落した栗林大樹の様子を見に行こうとしたということも考えられるのではないでしょうか」

水田は裁判員に語り掛けるように言った。

「考えられません」

松本警部補は首を横に振った。

「どうしてですか」

水田は厳しい目で追及した。

「被告人は嘘を吐いている可能性が高かったので」

「それは警察の勝手な思い込みではないのですか？　あなたが駆け付けて、梶塚さんの顔を見たときに、二年前の岡村優香の自殺の件を思い出して、あなたは今回も梶塚さんが突き落としたと考えた。だから、見込み捜査が行われていたのではないですか」

水田はまくし立てるように言った。

「異議あり」

出島検事が声を上げ、

「弁護人の発言に、証人の印象を悪くしようとする意図があります」

と、糾弾した。

中本裁判長が水田を見た。

「いいえ、見込み捜査で梶塚さんが逮捕されたのではないかときくことは、真実を暴こうとしているだけで、決して印象を悪くするつもりはありません」

水田は否定した。

「異議を棄却します。続けてください」

中本裁判長が言った。

「窓に指紋がなかったということですが、指紋が発見されなかった場所は窓以外にありましたか」

「ありません」

「窓からだけ発見されなかったのですね」

水田は確認した。

「そうです」

松本警部補は頷く。

「ちなみに、室内に梶塚さんの指紋は発見されましたか」

「ええ」

「どこから発見されましたか」

「玄関付近や、ダイニングテーブルです。話し合いのために訪れているのですから、付いていて当然です」

「では、なぜ窓の指紋を拭き取ったのでしょうか」

「被告人が窓を開けたことを隠すためです」

「栗林大樹が窓を開けたというのは考えられないのですか。梶塚さんは栗林大樹が窓を開けたと言っています」

「考えられません」

「なぜですか」

「栗林が指紋を消すということはありえないからです」

「事件の前に栗林大樹が窓掃除をしていたということも考えられますよね」

「その場合でも、窓を開けたのですから指紋は残るはずです」

「窓を開けたときに服の袖が手に被《かぶ》さっており、指紋が付かないで開けることも考えられるのではないですか」

「そういうことは考えられません」

松本警部補がはっきり言った。

「警察はそういった観点からも、捜査をしてみたのですか」

水田がさらに追及した。

「異議あり」

出島検事が口を挟んだ。

「弁護人はいたずらに同じ質問を繰り返して、時間を浪費しています」

すると、中本裁判長は異議を認めて他の質問をするように言った。

「では四月十六日、帝都大で梶塚さんが栗林大樹を殴ったと言っていますが、怪我などはなかったのでしょうか」

「なかったようです」

「取り調べのとき、そのことを梶塚さんに尋ねましたか」

「はい」

「梶塚さんは何と答えていましたか」

「栗林大樹を払いのけようとして、手が当たってしまったと答えていました」

「では、梶塚さんが言っているように殴っていないのでは？」

「しかし、被告人はカッとなったとも言っていました。殴ったことを認めていないだけで、手を出したことに変わりありません」

「だからといって、その三日後に、梶塚さんが場合によっては殺しても構わないという思いだったとは言えないのではないですか」

「恋人を殺すと言われているわけですし、他に手立てがなければ、そのように考えるのでしょう。被告人はカッとなりやすい性格ということには、変わりありません」

松本警部補が決めつけるように言った。

「梶塚さんは場合によっては殺すことも厭《いと》わなかったのでしょうか」

水田は疑問を投げかけた。

「そうに違いありません。だから、現場で言い争いになったときに、カッとなって突き落としたのです」

「取り調べで、梶塚さんは最初から否認していますよね」

「はい」

「これで反対尋問を終わります」

水田は着席した。

それから、中本裁判長は裁判員に対して何か質問があればするように言った。何人かが松本警部補に事件の様子をきいたが、事件の核心を突くようなこともなければ、どちらかに有利になるような質問もなかった。

「続きまして、検察側の証人尋問で、木村隆さんです」

中本裁判長がそう言うと、木村が入廷してきた。

水田は主尋問で木村が何を言い出すのかと思っていたが、それほど修一に不利になるようなことはなかった。また反対尋問でもそれほど情報を引き出すことが出来ずに終わった。

木村の証人尋問が終わると、

「では、本日は以上で終わります。明日、午前十時から公判の続きをします」

中本裁判長がそう言って、閉廷した。


初公判が終わり、水田はりさ子と話がしたかったが、りさ子はなぜか一目散に法廷を出て行った。

水田が裁判所を出て、りさ子を探していると文化新聞のポニーテールの女性記者が寄って来た。

「水田弁護士、初公判を終えられてどのように感じられますか」

「まだ公判が終わっていませんので、コメントは控えさせて頂きます」

と断って、東京地裁から事務所に向けて日比谷公園を歩いた。

途中、ベンチに座って携帯電話を見ているりさ子が見えた。

水田はりさ子に近づいて声を掛けた。

「吉高さん、探しましたよ」

「あ、先生。先ほどは挨拶もろくに出来ずにすみません。ちょっと、母が来ていたので
……」

りさ子は後の言葉を濁した。

「お母さまが？」

水田はきき返した。

「ええ、仲が悪いんです」

りさ子は短く答え、

「先生、彼は大丈夫でしょうか」

と、複雑な表情をしてきいてきた。

「はい、裁判員の手ごたえはありました。あとは明日、梶塚さんの過去にあった件で尋問がありますが、それも自殺として処理されていますし、他の問題も大丈夫でしょう」

水田は妊娠や堕ろさせたことを避けて答えた。

しかし、明日は以前付き合っていた花井早紀と松本警部補が証人で出て来る。りさ子の聞きたくないようなことが多く述べられるであろう。

「明日も傍聴に来られるのですか」

水田はきいた。

「はい、毎日来ます」

「検察側は吉高さんが聞きたくないようなことを主張してくると思います。もちろん、今日の公判のように、ないことばかりだと思いますが。それでも、大丈夫ですか」

水田は心配した。

「はい。彼のことは信じていますから、何を言われようとも平気です」

りさ子は力強く言った。

「そうですか」

水田はそこまで言われれば言い返すことが出来なかった。

「それより、私の父が証人として出廷することになっていました」

りさ子が困惑した顔で言った。

「え？」

水田は目を見張った。

「三日目に証人尋問する橋本仁志です」

りさ子は言った。

橋本仁志は、情状証人として出廷する予定だ。しかし、りさ子と修一の関係ではなく、修一と交際していた女性をタクシーに乗せたことがあり、言い争いを聞いていたと公判前整理手続きで出島検事が言っていた。

「同姓同名の他の人ではないのですか」

水田はきいた。

「タクシー運転手と言っていたので、多分父だと思います。さきほど、確認のメッセージを送ってみましたが、まだ返信がありません」

りさ子が答えた。

その時、りさ子の携帯メールの音が鳴った。

りさ子は画面に目を落とし、

「父です。ちょっと、確認してみてもいいですか」

と、きいた。

「どうぞ」

水田は勧めた。

りさ子はメッセージを読むと、顔を上げた。

「やはり、父のようです」

「出廷することは知らなかったのですよね」

「はい。何も聞いていません」

「お父さまは梶塚さんのことは知っていたのですか」

「いえ、話したことはありません」

りさ子は不思議そうに答えた。

すると、りさ子の父は、修一が娘の彼だとは知らないで出廷するのだろうか。

水田は明後日の証人尋問の前に修一を訪ねようと思った。

それから、りさ子と少し話をして、「また明日もよろしくお願いします」と頭を下げられて別れた。

六時半だというのに、まだ空は明るかった。

水田が日比谷公園を歩いていると、突然ヒグラシの鳴き声が聞こえた。その鳴き声に聞き入るように足を止めた。

ふと、ヒグラシの鳴き声が頭の中から消えた。

その時、今までモヤモヤしていたものの正体がわかった。

なぜ、岡村優香と栗林の転落死の担当がどちらも松本警部補だったのか。同じ葛飾中央警察署管内で起きた事件だから当然だが、この偶然が気になっていたのだ。

そういえば、栗林は事件の一か月前に、四つ木と同じ警察署管内の新小岩に引っ越してきている。

このことに意味があるのだろうか。

水田は橙《だいだい》色に染まった空の下を、ヒグラシの鳴き声に急《せ》かされるように再び歩き出した。

# 第四章　家族

## 1

水田《みずた》は深い霧の中を歩いていた。交差点の信号もよく見えない。交差点を渡っていると、大きなトラックがクラクションを鳴らしながら突っ込んで来た。

水田は、はっとして目を開けた。天井が見え、水田はベッドで横たわっていた。体を起こすと、ベッドわきにある置時計が午前五時半を示していた。

外ではクラクションが鳴り響いている。

水田は窓に向かい、外を覗《のぞ》いた。

重たい雲がかかっている空の下、交差点で右折車と直進車が絡む事故があったようだった。幸いにも大きな事故にはなっていないようだった。

水田は外を見ながら、ふと窓の汚れが気になった。

しばらく家の掃除をしていないなと思いながらウェットティッシュを持ってきて、汚れを拭き取った。

その時、ふと思った。栗林《くりばやし》が窓の掃除をしていたから指紋がないということも考えられると言ったが、栗林の部屋の壁はたばこのヤニだとか、ゴミが溜《た》まっていた。それなのに、なぜ窓だけ掃除したのだろうか。

水田はコンビニで買ったパンとインスタントコーヒーの朝食を摂りながら、パソコンを開いた。インターネットでニュースを読んでいると、文化新聞のウェブ版の記事に、『帝都《ていと》大大学院生　殺人を否認』という見出しで昨日の初公判のことが載っていた。

目を通すと、簡単な事件のあらすじと、被告人の梶塚修一《かじづかしゅういち》が過去に似たような転落死にも関わっているということが書かれていた。しかし、本件は状況証拠しか残っておらず、被告人が殺すような人物であったかどうかが重視されそうだと書かれている。

今日、再び松本《まつもと》警部補と元恋人の花井《はない》早紀《さき》の証人尋問が行われる。このふたりは修一の情状証人として出廷する。

修一がどのような人間性の持ち主であるかを証言させるだろう。特に岡村優香《おかむらゆうか》や花井早紀を妊娠させて堕《お》ろさせようとしたことから、修一の冷酷さを裁判員に印象付けようとするだろう。

水田は午前八時半に家を出て、東京地裁へ向かった。

地下鉄の霞ケ関《かすみせき》駅から地上に出ると、小雨が降っていた。折りたたみ傘を鞄《かばん》の中から取り出し、東京地裁へ歩いて行った。

東京地裁の前には、文化新聞の女性記者がいた。

いつものように彼女が近づいてきて、質問を浴びせてきた。しかし、水田は「まだ公判中なので何も答えられない」と言って、東京地裁の中に入った。


午前十時、中本《なかもと》裁判長が法廷に入ってきて、開廷を告げた。

傍聴人席には、りさ子がいる。被告人席には修一が疲れを感じさせない顔で座っていた。りさ子は修一の横顔を祈るような気持ちで見つめている。

「検察側の請求により、葛飾中央警察署松本巌《いわお》さんの証人尋問を行います」

中本裁判長が告げると、傍聴席の後ろの扉が開き、昨日と同じ黒のダブルのスーツを着た松本警部補が硬い表情をして入って来た。

証人席に座ると、出島《でじま》検事が立ち上がって口を開いた。

「被告人は四月十六日に帝都大で栗林大樹《だいき》から、『りさ子を殺して、自分も死ぬ』ときいていますが、他にも何か言われたことはありますか」

「はい。被告人の過去のことをいくつか口にしたそうです」

「過去のことというのは？」

「主に女性関係です。まず、現在の恋人と交際する少し前まで交際していた花井早紀という女性のことです」

「彼女はどのような人なのでしょうか」

「帝都大学の文学部で准教授をしている方です」

「被告人とはどのような別れ方をしているのですか」

「妊娠をして、堕ろすように強要されたことにより別れています」

「被告人は妊娠させて、堕ろさせたのですか」

出島検事は大袈裟《おおげさ》に言葉を強調して言った。

傍聴席に目を遣《や》ると、りさ子は強張《こわば》った表情で見つめていた。

花井がこのあと証人として出て来るからなのか、彼女に関しては特に質問することなく、次に進んだ。

「他にありますか」

「はい。岡村優香という二年ほど前に付き合っていた女性で、彼女も被告人の子どもを妊娠していながら、四つ木にある自宅マンションから転落死をしています。最終的に自殺として処理されましたが、当初警察は殺人の疑いで被告人を捜査していました」

「なぜ警察は殺人と疑ったのでしょうか」

「落ちたとされるマンションの一室からは、何も盗まれた形跡がなく、物盗《ものと》りの犯行ではないことが明らかになりました。そして、岡村優香に恨みや殺意を持つ者はひとりしかいませんでした」

「それが被告人なのですね」

「そうです」

松本警部補は力強く言った。

「被告人はどのようなことで岡村優香に対して恨みや殺意を持っていたのでしょうか」

出島検事が決め込んで言った。

「異議あり」

水田は手を上げた。

「弁護人、どうぞ」

中本裁判長が意見を求めた。

「その件については、自殺として処理されています。あたかも、実際に殺人が行われたような誤解を与えてしまう質問です」

水田は指摘した。

「異議を認めます。検察官は質問を変えてください」

中本裁判長が注意した。

「では、被告人と岡村優香の間に、何か問題はありましたか」

出島検事がきいた。

「岡村優香が被告人の子どもを妊娠していたこと、被告人は堕ろすように言っていたこと、そのことでふたりの間に亀裂が入り、言い争いになっていました」

「岡村優香にも妊娠させて、堕ろさせようとしたんですね」

出島検事が再び強調して言い、

「そのことから、警察は被告人の犯行だと見たのですね」

「まだあります」

「何でしょうか?」

「事件直後に現場の最寄り駅である四ツ木駅付近で被告人の目撃情報が寄せられていたことです」

「では、事件の背景として、被告人が岡村優香を疎ましく思っており、さらに犯行現場の近くにもいたということですね」

「そうです」

「本件でも被告人は栗林大樹を疎ましく思っており、なかおつ犯行現場にいたということですね」

「はい、その通りです」

「ということは、岡村優香の転落死と本件は同じ構造ではありませんか?」

出島検事が改まった口調できいた。

「異議あり」

水田は手を上げて、出島の質問に異を唱えた。

中本裁判長が左右の陪席裁判官と少し協議してから、

「前回の転落死は自殺で、今回は殺人の容疑です。比較する対象ではないので、検察官は質問を変えてください」

と、異議を認めた。

「松本証人は、岡村優香の転落死と、本件の二回、被告人を取り調べていますが、被告人の人間性をどうみますか」

出島検事が質問を再開した。

「非常に頭のいい人物である一方、冷酷な面もあります。それは交際していたふたりの女性に対して子どもを堕ろすように言っていることからもわかります。また、岡村優香の件で捜査をしたときに、被告人の父親からも事情聴取をしましたが、自分の息子のことを気性が激しいと言っていました」

「気性が激しいというのは具体的に言うと、どのようなことでしょうか」

「自分の意見が常に正しいと思っており、人から間違いを指摘されるとすぐに怒りだすそうです」

「被告人の交友関係はどうだったのでしょうか？　友人は多くいるのですか」

「はい。周囲には優しく振る舞っていたので、印象は好《よ》かったようです。しかし、深い間柄になると、被告人の本性が垣間見え、距離を置くことにしたという人物の証言もあります」

「では、被告人には二面性があるというのですね」

「はい、そのようです」

「それ以外に女性問題はありましたか」

「ありました」

「え？　まだあるんですか」

「はい」

「その相手は誰ですか」

「大森聡美《おおもりさとみ》です」

松本警部補がそう言うと、水田はおやっと思った。修一からその名前を聞いていない。

りさ子は顔を伏せていた。

「大森聡美とはどういうことがあったんですか」

「彼女もやはり妊娠したあと、堕ろせと言われました。そのショックから自殺しようとしました。幸いタクシー運転手に助けられ、未遂で終わりました」

「タクシー運転手というのは？」

「橋本仁志《はしもとひとし》さんです」

「この件については、明日、橋本仁志さんの証人尋問にて詳《つまび》らかにします。大森さんはいまどうしていらっしゃるのですか」

「精神を病んで病院に通っています」

「話を聞いていると、被告人は何度も堕ろさせており、命を軽んじているんですかね」

「異議あり」

「弁護人どうぞ」

「検察側は過去の女性関係を元に梶塚さんの人間性を否定し、本件と結び付けようとしていますが、まったく別物です。本件は栗林が襲って……」

「終わります」

出島検事が遮って、尋問を終わらせた。水田は憤然としたが、すでに出島検事は腰を下ろしていた。

「では、弁護人どうぞ」

中本裁判長が水田に言った。

水田は立ち上がり、反対尋問が始まった。

「栗林大樹は岡村優香の件をどのようにして知ったのでしょうか」

「花井早紀さんから聞いたと言っています」

「花井早紀さんは、梶塚さんと以前付き合っていた女性ですね」

水田はあえて確認した。

「そうです」

「栗林大樹は彼女と知り合いだったのですか」

「いいえ」

「では、ふたりの接点は何だったのでしょうか」

「ネット上で知り合ったそうです」

「具体的に教えて頂けますか」

「花井さんがSNSで被告人のことを書いたそうです。そしたら、栗林が連絡をしてきたそうです」

「梶塚さんのことでどのようなことを書いたのでしょうか」

「妊娠させて、堕ろさせたことです」

「つまり、悪く書いたということですね」

「あくまでも、事実を書いただけでしょう」

「本人が事実だと思っていることを書いたのですね」

水田は頷《うなず》いてから、次の質問をした。

「岡村優香の転落死の件で、警察が殺人を疑った理由をもう一度教えてください」

「岡村優香に恨みがあるものは被告人以外におらず、四ツ木駅付近で被告人の目撃情報があったからです」

「目撃情報は何件あったのですか」

「二、三件です」

「それだけで決めつけたのですか」

「二、三件もあれば十分です」

「梶塚さんと似たような背格好や容姿の人物を見かけただけではないですか」

「その目撃情報の時間は、岡村優香の死亡推定時刻から考えて、被告人が突き落として四ツ木駅に向かった時間と重なります。それに、堕ろすかどうかの問題もありましたから、被告人が殺すと十分に考えられました」

「では、なぜ警察は自殺として処理したのでしょうか」

「決め手となる証拠を見つけられなかったからです」

「見つけられなかったのではなく、そもそも存在しないのではないですか」

「いえ」

松本警部補は短く答え、少し待ってみたがそれ以上言わなかった。

「梶塚さんは岡村優香が転落死した時間にどこにいたと主張しているのですか」

「自宅にいたと言っています」

「自宅はどこにありますか」

「恵比寿《えびす》です。しかし、自宅にいたことを証明するのは、父親しかいませんでした。被告人のことを庇《かば》っていたということも考えられます」

「しかし、父親の証言が四ツ木駅での目撃証言より信用できると見て、自殺ということになったのではないですか」

水田は追及した。

「異議あり」

出島検事がそう言ったあと、弁護人が本件とは関係のないことで証人を追い詰めていると非難した。

しかし、出島検事の異議は棄却された。

「岡村優香が妊娠していたということでしたが、本当に梶塚さんとの間に出来た子どもなのですか」

水田がきいた。

「はい」

松本警部補は頷いた。

「根拠はありますか」

「岡村優香の男女関係を調べると、被告人しかいませんでした」

「では、お腹《なか》の子どものＤＮＡ鑑定をしたわけではないのですね」

「そうですが、状況的に考えて被告人しかいません」

松本警部補は頑《かたく》なに修一と決めつけた。

「しかし、岡村優香が誰にも知られずに他の男性と関係を持っていたということも考えられるのではないですか」

「いえ、捜査ではそのような人物が出て来ませんでした」

「ですが、そのような人物がいないとは断言できませんよね」

「我々が捜査をした限りはいませんでした」

松本警部補はその一点張りだった。

水田は次の質問に移った。

「梶塚さんが岡村優香に対して、子どもを堕ろすように言ったということですが、本人が認めているのですか」

「いえ、認めていませんが、岡村優香は妊娠したあと、しばらく精神を病んでいたそうです。これは被告人が堕ろすように言ったと考えられます」

「あくまでも、憶測ですよね」

「そうですが、他に悩み事があったように思えないと彼女の周囲のひとたちが語っています」

「ひとりで何か他の悩みを抱えていたということも考えられますよね」

「ですが、岡村優香が悩み出した時期が妊娠と重なるので、堕ろすように言ったことが十分に考えられます。実際に彼女は婦人科に行っており、医師から中絶の説明を受けたことがあります。また、その時期に被告人との口論がしょっちゅうあったそうです」

「口論の内容は、妊娠のことなのですか」

「そのように考えるのが自然です」

松本警部補は似たような理屈で答弁を続けた。

「あなたは梶塚さんの人間性を否定するようなことを取り上げていましたが、一部だけを切り取って言ったのではありませんか」

「いいえ、捜査で調べたことを述べただけです」

「梶塚さんのことを良く言う人物はいなかったのでしょうか」

「もちろんいましたが、近しいひとは梶塚さんの二面性を指摘していました」

「近しいひとというのは誰ですか」

「父親や元恋人です」

「梶塚さんは親子関係が良好なのですか」

「そこまではわかりません」

「では、良好ではない可能性もあるわけですね。それだったら、悪く言うことも考えられるのではないですか」

「……」

「しかも、元恋人であれば多少大袈裟に表現することも考えられませんか」

「いえ、事実を語っていると見ました」

「大森聡美が梶塚さんと交際していたと、どうしてわかったのですか」

「大森聡美が自殺をしようとしたときに、保護した巡査からの報告でわかりました」

「わかりました。以上で終わります」

水田が席に座った。

それから十五分間の休廷があった。

2

法廷に裁判長、裁判員が集まってきて、皆席に座った。

「では、次の証人を呼んでください」

中本裁判長が言った。

傍聴席の横のドアが開いて、白いパンツスーツで黒髪を後ろで束ねた花井が廷吏に先導されて入廷した。花井は少し緊張した面持ちで証言台の前に立った。

中本裁判長が氏名、生年月日、住所、職業を尋ねる。花井はしっかりとした声でそれらに答えていた。

花井は修一をどこか蔑むように見ていた。

それから、花井は宣誓書を読み上げ、中本裁判長に促されて着席した。

出島検事が咳払《せきばら》いをしてから、質問を始めた。

「証人が被告人と交際していた期間を教えてください」

「八か月です」

「それはいつからいつまでですか」

「二〇一九年の二月から十月です」

「具体的に言いますと、十月の何日ごろですか」

「十月末です」

「別れの原因は何だったのですか」

「子どもを堕ろしたことがきっかけです」

「それは被告人の子どもですね」

「はい」

「間違いありませんね」

出島検事が再度たしかめた。

「間違いありません。梶塚修一の子どもです」

花井は強調して言った。

横目で修一を見ると、彼の眉間に皺《しわ》が寄っていた。

「証人が妊娠したことを被告人に告げた時、被告人は何と言っていましたか」

「俺はいま大事な時期だから子どもを育てる余裕はないと言われました。それから、彼の態度が冷たくなりました」

「あなたはどういう意味だと受け取りましたか」

「子どもを堕ろせということだと思いました」

「そして、実際に子どもを堕ろしたのですね」

「そうです」

「堕ろしたときは、どんな気持ちでしたか」

「不思議と今まで悩んでいたことから解放されるような気持ちでした」

「今まで悩んでいたこととは？」

「梶塚とのことです。振り返ってみると、私は梶塚に洗脳されていたんだと思います。全てが梶塚の言いなりでした。でも、周りからは常に『素晴らしい彼』という風に言われていて、ずっと矛盾を感じていたんです。もちろん、優しいときもあります。しかし、私の心は彼に嫌われたらどうしようだとか、彼からは逃れられないといった恐怖で支配されていました」

「もう少し具体的に教えて頂いてもよろしいですか。いくつか、エピソードを挙げて頂きたいのですが」

「たとえば、スケジュールです。私が仕事の時以外のスケジュールは全て梶塚に決められていました。私には自由な時間がなかったです。それもあって、家族とも疎遠になり、未《いま》だに喧嘩《けんか》別《わか》れしたままです」

花井は顔を歪《ゆが》ませて、修一を睨《にら》みつけた。

水田は、りさ子が気になった。傍聴席を振り返ってみると、俯《うつむ》いたままハンカチを強く握りしめるりさ子がいた。

「他にはどんなことがあるでしょうか」

出島検事がきいた。

「私の給料は全て梶塚に捧《ささ》げていました」

「全てですか?」

「はい。クレジットカードも、キャッシュカードや通帳も全て梶塚に取り上げられていました。私が必要なときに、その金額だけを梶塚がくれました」

「そういうことに対して、不満が溜まることはありませんでしたか」

「もし断って嫌われたらどうしようという思いが強かったです。梶塚はあまり怒るようなことはしませんが、無言の圧力などが凄《すさ》まじかったんです」

　花井の顔に憂愁の影が差した。

「裁判長、異議を申し立てます」

　水田は手を上げた。

　中本裁判長の顔が発言してもよいと促した。

「検察側の質問は事件に関係のないことでして、裁判官及び裁判員へ印象操作を行っています」

　水田は鋭い声で発した。

「検察官はどうお考えですか」

　中本裁判長がきいた。

「本件を語る上で、被告人の性格というのが非常に重要になってきます」

　出島検事が当たり前のように答えると、中本裁判長は左右の陪席裁判官と少し話し合ってから、

「弁護人の異議を棄却します。しかし、本件と関係ないことは手短に願います」

　中本裁判長が判断を下した。

　それから、出島検事は続けた。

「妊娠して被告人にそのことを話したときにも、圧力を感じて堕ろすことになったんですね」

「はい」

「子どもを堕ろしたときに、そういう全てが一気になくなったということでよろしいでしょうか」

「そうです」

花井は断言した。

出島検事は花井がそう言うと、しばらく間を置いた。裁判員のうち、特に女性は修一に対して冷めたような目を向けていた。

「被告人と別れたあと、未練はありませんでしたか」

「ええ、まったく」

「栗林大樹さんがあなたにコンタクトを取っていますよね」

「はい」

「それはいつ頃ですか」

「十二月の中頃です」

「どのようなことがきっかけだったのでしょうか」

「私が酔った勢いで、梶塚の悪口をネットに載せたんです。翌朝には削除したのですが、それを栗林さんは見ていたようで、自分が少し前まで付き合っていた女性がいま梶塚と付き合っているということを伝えて来ました。そして、梶塚がどんな人物か知りたいと言って来ました」

「それで、実際に会うようになったのですね」

「はい」

「その時の栗林大樹の印象を教えてください」

「以前にお付き合いされていた彼女に対しての想《おも》いが少し熱かったですが、まさかストーカーだとは思っていませんでした。私が梶塚の本性を教えると、このままでは彼女が危ないと言って、自分は梶塚と彼女を別れさせるつもりだと言っていました」

「栗林大樹と会ったのは、この一度のみですか」

「そうです」

「最後に何か言いたいことはありますか」

「梶塚は心のない人間です」

花井が力強く言い終えたあと、彼女の唇は震えていた。

出島検事は花井に礼を述べてから、中本裁判長に「終わります」と告げた。

「では、弁護人。反対尋問をどうぞ」

中本裁判長が水田に顔を向けた。

水田は「はい」と答えて、立ち上がり、花井に軽くお辞儀した。

「花井さんは、妊娠が発覚したとき、梶塚さんにそのことは報告しましたか」

「はい」

「発覚してからどのくらい経過してから報告したのでしょうか」

「たしか、一週間後だったと思います」

「一週間後？　随分、経《た》ってから報告したように思えますが」

「梶塚は忙しくて」

「では、その一週間、まったく梶塚さんと会っていなかったのですか」

「いえ、会うことはありました」

「どのくらい会いましたか」

「二回か三回です」

「では、報告するタイミングはありましたよね」

「はい。でも、なかなか言い出せなかったんです」

「どうして、妊娠していることを言い出せなかったのですか」

「梶塚に嫌われると思ったからです」

「嫌われる？」

「はい、以前梶塚と将来の話をしたことがあって、子どもは要らないという言葉が脳裏に強く残っていたんです」

「梶塚さんは、今は子どもが要らないという意味で言ったのではないですか」

水田がきいた。

「いえ、そういう風には聞こえませんでした。梶塚は父親とも仲が悪く、家族というものを嫌っていました」

「嫌っていたというのはあなたの考えですか？　それとも、本人が言っていたのですか」

「私の考えです。でも、梶塚と付き合っていたので言葉がなくとも、家族というものが嫌いだったのだろうなと思いました」

「では、梶塚さんから結婚したいというような言葉は出てこなかったのですか」

「いえ、それは……」

花井は口ごもった。

「どうなんですか」

水田はもう一度きいた。

「梶塚はそういうことも言っていましたが、ちゃんとしたプロポーズではなかったので本気で受け止めませんでした」

「どのような気持ちでお付き合いを続けていたのですか」

「私は仕事で忙しかったので、結婚というのはもっと先の話として考えていました」

「なるほど。では、梶塚さんと結婚したいとは思っていなかったのですね」

「そうですね」

花井は自信なさそうに答えた。それから、何か続きを言いそうだったが、結局は口を閉ざしたままだった。

「ちなみに、あなたは梶塚さんに妊娠したことをどのような言葉で伝えましたか」

と、次の質問をした。

「赤ちゃんが出来たかもしれないと言いました。そしたら、彼はいきなり冷めたようになって、赤ちゃんなんか要らないと言われました」

花井は顔をしかめながら早口で言った。

「その時の場所はどこでしたか」

「ベッドの中です」

「では、ちゃんと向かいあって言ったわけではないのですね」

「私の中ではちゃんと報告したつもりなんですが……」

花井は呟《つぶや》くように答えた。

「あなたのお腹の中にいた子どもは梶塚さんとの間に出来た子どもだったのですか」

水田がきいた。

「当たり前です」

　花井は強い口調で答えた。

「わかりました」

　水田は頷き、

「先ほど梶塚さんにスケジュールを決められていたと仰《おつしや》っていましたが、交際を始めた当初からそうだったのですか」

　と、きいた。

「いいえ」

「いつからでしょうか」

「付き合って三週間くらいしてからです」

「どういうきっかけで、スケジュールを決められたんですか」

「私がある日、仕事に行くのに朝寝坊をしてしまったことがあったんです」

「それがきっかけですか」

「はい、それで私がスケジュール管理が苦手と言うと、梶塚が自らスケジュールを作ってくれると言いました」

「では、あなたが頼んだのですね」

　水田は鋭くきいた。

「そうですが、それから私が頼んだ以上に厳しく管理するようになりました。また、理不尽なスケジュールを組まれました」

花井はむきになって答えた。

「花井さんが梶塚さんのことをネットに書いたのは十二月半ばということでしたね」

「そうです」

「すると、別れてから二か月近く経っていますね」

「はい」

「なぜその時期に書かれたのですか」

「昔のことを思い出して、腹が立ったので書きました」

「では、別れてからネットに書くまでの二か月弱の間は思い出すことはなかったのでしようか」

「いいえ、ありました」

「でも、書かなかったのですね」

「はい」

「書くことになったきっかけは、何だったのでしょうか」

「忘年会でお酒を呑《の》んでいたからです」

「酔っぱらっていたのですか」

「少し……」

「酔った勢いで書いたのですね」

「はい」

花井は頷いた。

「ネット上に書いたことは、具体的にどのようなことなのですか」

水田はきいた。

「過去に梶塚が付き合っていた女性のことです。そのひとが梶塚にマンションから突き落とされて死亡したということです」

「しかし、実際はそのようなことはないですよね」

「梶塚ならやりかねないと思いました」

花井は決めつけるように言った。

「あなたは梶塚さんと付き合っているときに、そのことを知っていましたか」

「はい」

「それを知りつつ、お付き合いされていたということは、その時には梶塚さんが殺したとは思っていなかったわけですね」

「まあ、そうですね」

花井は小さな声で答えた。

「最後に、栗林大樹とは何故会《なぜ》おうと思ったのですか」

「栗林さんから連絡が来たからです」

「でも、用件ならメッセージで伝えればいいのではないですか」

「栗林さんが会いたいと言って来たんです」

「その時に、さっきの梶塚さんが過去に付き合っていた女性を殺したという見解を告げたんですね」

「はい」

「事実ではないことを教えたのですね」

水田は『事実ではない』という部分を強調して言った。

「私はそれが事実だと思っていました」

「しかし、警察の処分や実際の報道とは違いますよね」

「はい」

「以上で反対尋問を終わらせて頂きます」

水田は一礼をして席に座った。

「検察官、再度の尋問はありますか」

中本裁判長がきいた。

「あります」

出島検事はそう答えて、花井に尋問をしたが、修一の人格を否定するようなことを繰り返し言わせただけであった。

それが終わると、裁判員から証人に質問があった。

しかし、事件に直接関わるようなことはなく、また水田と出島が尋問した以上の新事実というものも全くなかった。

「最後に、私からお尋ねしますが」

と、中本裁判長が花井を見つめた。

「はい」

花井は頷いた。

「被告人に対して色々な思いがおありでしょうが、それらを措《お》いてお答えください。今回の事件についてはどういう印象をお持ちですか」

中本裁判長の質問に、花井がしばらく黙った。

そして、しばらく考えた挙句、

「梶塚がそこまでするとは思いません」

と、花井は言い切った。

「ありがとうございます。証人はお疲れさまでした」

廷吏が証人席に近づき、花井は立ち上がって法廷を去って行った。

十五分間の休廷のあと、修一と同じ帝都大学の大学院生である島袋亮也《しまぶくろりょうや》が証人席に座った。

水田は立ち上がり、

「これから、弁護側の証人尋問を始めます」

と、裁判員たちの目を見て言った。

島袋はどこか緊張した面持ちだった。

「梶塚さんと知り合ってからどのくらいですか」

水田は優しい口調できいた。

「もう十年近くになります」

「十年というと、十四歳の時からですね」

「はい。違う中学校でしたが、私も柔道をしていて、大会などで梶塚と顔を合わせていました」

「あなたにとって、梶塚さんはどのような存在ですか」

「頭が良くて柔道が強いのはもちろんのこと、優しくて、気遣いが出来て、常に憧れる存在でした」

「あなたに対して特別に優しくしてくれたのですか」

「いえ、誰に対してもそうでした。私の知る限り、彼を悪く言うひとはいません」

「なるほど。皆、梶塚さんに好感を持っていたのですね」

水田は裁判員に聞かせるように、島袋にきいた。

「そうです」

島袋は頷いた。

「あなたは、梶塚さんの女性関係について、何か知っていましたか」

「恋愛の話をしたことはなかったですが、梶塚がデートをしているところを何度か目撃しています。その時も車道側に彼女を歩かせなかったり、椅子を引いたり、コートを着させたり、紳士的でした」

「ちなみに、その女性は誰だったのですか」

「同じ大学で准教授をしている花井早紀さんです」

「あなたはたしか、花井早紀さんの講義を受けていますね」

「はい」

「花井早紀さんに、梶塚さんのことを聞くようなことはありましたか」

「ありました。私は花井さんと仲が良く、恋愛相談などにも乗ってもらっていました。なので、花井さんに梶塚と一緒にいるところを目撃したと冗談っぽく言ったら、花井さんは照れていました」

「花井さんは梶塚さんのことをどのように言っていましたか」

「年下だけど、とても誠実で、頼りがいのある彼氏だとのろけていました」

「梶塚さんに、花井さんとのことは言いましたか」

「はい。梶塚は花井さんのことを大切に思っているようでした」

「では、お互いから話を聞いていたわけですね」

水田は確かめた。

「そうです」

島袋がはっきりと答えた。

「ふたりから喧嘩をしたというようなことは聞いたことがありますか」

「いいえ、一度もありません。むしろ、私たちは喧嘩をしないと、花井さんが自慢げに言っていたのを覚えています」

「花井さんから妊娠したというようなことを聞いていましたか」

「いいえ」

「堕ろしたということは？」

「それも知りませんでした」

「梶塚さんと別れたことは知っていましたか」

「はい」

「お互い何か理由を言っていましたか」

「花井さんは年齢のことで別れたと言っていました。梶塚は特に何も言っていませんでした」

「別れたあと、花井さんが梶塚さんのことを悪く言うようなことはありましたか」

「いえ、まったくありません」

島袋は首を横に振った。

それから、栗林大樹のことをどう思うかということや、帝都大で見かけたときのことを聞いた。

島袋は修一のことを終始素晴らしい人柄だと褒め、裁判員もその言葉に耳を傾けていた。

水田の主尋問が終わると、出島検事の反対尋問が始まった。

「あなたは被告人と十年来の友人だと仰っていましたが、彼とはどのくらい親しかったのですか」

出島検事がきいた。

「中学、高校時代は違う学校でしたので、会ったら話す程度でした。大学からは同じ学校ですが、専攻も違うので以前と同じような感じでした」

「では、それほど親しいというわけでもないのですね」

「いえ、それはどうでしょうか」

島袋が首を傾《かし》げた。

「あなたと被告人の付き合いでは、被告人の性格を表面的にしか見ることはできなかったのではありませんか」

「いえ、少し話しただけでも梶塚が素晴らしい人間だということはわかります」

「男性に対してと、女性に対しては違う面があるんじゃないですか。あなたは女性に対する被告人の態度は知っていますか」

出島検事がしつこくきいた。

「たしかに、そうかもしれませんが……」

島袋は続く言葉を考えていた。

出島検事はそれを待たず、

「あなたの被告人に対する印象は、あくまでも男性に対する態度でしかありませんね。女性に対しては別な顔を見せている可能性は十分ありますね」

出島検事は裁判員に向かって語り掛けるように言った。

水田は異議を申し立てようとしたが、出島検事はすぐ次の質問に移った。

「花井早紀さんのことですが、彼女は准教授で、あなたも講義を受けていたわけですよね」

「そうです」

「あなたが彼女に恋愛相談をしていたんですね」

「はい」

「被告人と彼女が一緒にいるところをあなたが目撃し、それを伝えたので彼女もあなたに被告人とのことを話したのですね」

「はい」

「では、彼女が被告人との恋愛について、いわば見られたから仕方なく答えたという感じですね」

「異議あり」

　水田が訴えた。

「はい、弁護人」

　中本裁判長が水田に顔を向けた。

「検察官は誘導尋問をしています」

　水田が指摘すると、

「いえ、事実を確認しているだけです」

　出島検事がすぐさま否定した。

「異議を棄却します」

中本裁判長が言い、出島検事が続けた。

「もう一度、おききします。花井さんはあなたにデートしているところを見られたから仕方なく答えたんですね」

「仕方なくという表現が正しいかはわかりませんが、色々と恋愛の話はしました」

「しかし、妊娠のことや堕ろしたことなどは言われていないのですよね」

「はい」

「これで終わります」

反対尋問が終わり、裁判員からの質問などもないと、次はりさ子の友人の木南結衣《きなみゆい》が弁護側の証人として現れた。

「梶塚さんとはどのような関係ですか」

水田はきいた。

「彼の恋人の吉高《よしたか》りさ子さんが、私の友人です」

「梶塚さんとはお会いしたことがありますね」

「はい」

「その時の印象を教えてください」

「顔も整っていて、頭も良く、何より優しく気遣いが出来るところに好感を持てました。今まで、りさ子に紹介された彼の中で一番いいなと思いました」

「梶塚さんから吉高さんのことは何かきいていましたか」

「はい。結婚したいと言っていました」

「吉高さんもその気があったのでしょうか」

「まだ時期は早いけど、そのうちとは言っていました」

「あなたは栗林とも会っていますよね」

「はい」

「その時の印象はどうでしたか」

「最初会ったときは、性格がどこか女々しく感じました」

「女々しいとは？」

「りさ子に依存しているような感じでした。もうりさ子がいなければ、おかしくなりそうな感じが最初からありました」

「吉高さんから栗林大樹のストーカーについては聞かされていましたか」

「はい」

「どのようなことを聞いていましたか」

「待ち伏せされたり、追いかけられたり、刃物を突きつけられたということも聞いていました」

「刃物を突きつけられたと聞いたとき、あなたはどう思いましたか」

「栗林はりさ子を殺して、自分も死ぬつもりだと思いました。でも、その前に修一くんに対しては相当な嫉妬を燃やしているようだったので、修一くんになら何をしでかすかわからないと思いました」

「では、栗林が梶塚さんに殺意を抱いていたとしてもおかしくないということですね」

「はい、そうです」

「以上で終わります」

水田は主尋問を終えた。

それから、出島検事が立ち上がった。

「あなたは被告人と何度会っていますか」

「一度です」

「たった一度だけですか」

出島は強調してきいた。

「はい」

結衣はどこか嫌そうな顔で答えた。

「第一印象と実際が違うように、被告人も深く関われば違うのではないですか」

「りさ子から修一くんの話を聞いていましたが、いいことしか言っていませんでした」

「それは、友人であるあなたに彼の悪いことは隠したいからだとは考えられませんか」

「いえ、今までりさ子は付き合っているひとの嫌なところなどもさらけ出してきました」

「そうですか。でも、実際に被告人がどのような人かは、あなたは何から何まで見たわけではないのでわかりませんよね？」

出島が頷かせるように、質問を持って行った。

水田は異議を申し立てようと思ったが、

「いいえ、少なくとも悪いひとではありません」

と、結衣は即座に否定した。

「そうですか。栗林大樹さんについては悪い人だと最初から思っていたのですか」

「そこまでは思っていませんでした」

「刃物を突きつけたことも、ただの脅しだとは考えませんでしたか」

「いえ、彼ならやりかねないと思いました」

「では、被告人は吉高さんを守るためにはどんなことでもすると思いましたか」

「そうだと思います」

「わかりました。以上で終わります」

反対尋問が終わった。

結衣に対して、裁判員からいくつか質問があった後、中本裁判長が「今日の審理はこれで終わります」と告げた。

公判が終わり、廷吏に連れられていく修一の姿は、いつになく元気がなさそうであった。水田はその後ろ姿を見つめながら、検察側の証人から散々言われたことに心を痛めているのかと思った。

傍聴席に目を向けると、りさ子も修一の後ろ姿を悲しい表情で見つめていた。

水田はりさ子に近寄り、

「お時間よろしいですか」

と、きいた。

「はい」

りさ子が答えると、ふたりは近くの喫茶店で話し合いをすることに決めた。

東京地裁を出ると、雨が激しく地面を叩《たた》きつけていた。

3

水田とりさ子は、喫茶店の角の席で向かい合って座った。霞が関という場所柄か、店内にはスーツをきちんと着た人たちが多かった。

運ばれて来たコーヒーに手を付ける前に、

「大森聡美さんという女性のことは初めて聞きました」

と、水田は戸惑いながら話した。

「私も知りませんでした」

りさ子は首を横に振り、

「でも、彼女まで修一の子どもを妊娠していたなんて……」

と、傷心したような顔で言った。

「彼女のことはまだ何もわかっていませんから」

水田は慰めるように言った。

「でも、その女性の自殺を止めたのが、父だったなんて……」

りさ子はコーヒーカップを見ながら、ぽつんと呟いた。

「お父さまには、裁判のことで何かききましたか」

「ええ、でも何も教えてくれませんでした。ただお前は傍聴席で俺の証言を聞いていろと言っていました」

「どういうことですかね」

「あっ」

りさ子が急に声を上げた。

「どうしたんですか」

「実は母は修一のことを散々悪く言っていたんです。会ってもいないのに、どうして修一のことを悪く言うのかわからなかったのですが、もしかしたら父から聞いていたのではないかと思って。父と母は離婚してから一度も会っていないと言っていたのに」

「でも、ふたりが会っていたことをなぜ隠すんでしょうね」

「わかりません。まさか、決まりが悪いわけではないでしょうし」

りさ子は首を傾げた。

水田は両親がりさ子に会っていたことを隠すわけが気になった。

それに、父の仁志はなぜ傍聴席で証言を聞けと言ったのだろうか。

ただ、明日の予定からいくと、仁志の証人尋問が最初にあり、次にりさ子の出番となっている。証人として出て来る者が傍聴席にいると影響を受けて証言を変えてしまうかもしれないという懸念もあるから、りさ子は傍聴席にいられないはずだ。

水田はりさ子にそのことを伝えた。

「そうですか。父は私に何か伝えたいことがあるのでしょうね。裁判が終わったあとにきいてみます」

りさ子は伏し目がちに答えた。

「お父さまのご住所をおききしてもよろしいですか」

水田がきいた。

「いいですけど、訪ねていくのですか」

「はい、大森聡美のことをきいておこうと思いまして」

「そうですか」

りさ子は、北千住の住所を教えてくれた。

「駅から十分くらいと言っていました」

水田はりさ子と別れ、北千住に向かった。


北千住駅を出て、日光街道を越えて、さらに進んだところに木造二階建てのアパートが建っていた。

その二階の奥の部屋に橋本という表札があった。

水田は留守かもしれないと思いながら、呼び鈴を鳴らした。

「はい」

と、中から声がして、すぐに扉が開いた。

「どなたですか」

「弁護士の水田佳《けい》と申します」

「すみませんが、明日のことがあるので何も答えられません」

仁志は打ち切ろうとした。

「りさ子さんに傍聴席で聞いておいてほしいと言っていたそうですが、明日のスケジュールではあなたの次にりさ子さんが証言をするため、傍聴席にいられないと思います。そのことで、ちょっとお話も」

水田が伝えた。

「じゃあ、どうぞ」

仁志は水田を招き入れた。

それから、リビングにある食卓のイスを勧めた。

水田は座ってから、

「りさ子さんと苗字《みょうじ》が違いますが」

と、話し出した。

「もうだいぶ前に離婚しました」

「それからもりさ子さんとのお付き合いはあったのですか」

「いえ、二年前に偶々《たまたま》りさ子が私のタクシーに乗車してきました。それから、三か月に一度くらいの頻度で会うようになりました」

「なるほど。りさ子さんが栗林からストーカー被害に遭っていることは知っていたのですか」

「いや、まあ」

仁志は曖昧に答えた。

「知っていたということですか」

水田は確かめた。

「りさ子と会ったときに、妙な男がりさ子を見ていることは気づいていました。りさ子に聞いたら何でもないって言っていました」

「りさ子さんが梶塚さんとお付き合いしていることを知っていたのですか」

「いえ、事件後に知りました」

「りさ子さんが梶塚さんと結婚まで考えていることは知っていましたか」

「知りませんでした」

仁志は表情を曇らせて答えた。

「梶塚さんのことは知っていたのですね」

「ええ」

「りさ子さんと梶塚さんが付き合っていることについて、どう思っているのですか」

「これ以上は明日のことがあるので、検察官からも余計なことは言わないように言われていますので……」

仁志は断った。

「なぜ、証言台に立とうと思ったのですか」

水田がきいた。

「りさ子があんな男と付き合うのが許せないんです」

仁志は急に感情的になった。

ここまで激しい感情を持っていることが水田には意外だった。

「りさ子さんにとって、まだ栗林の方がいいと思っていますか」

「栗林も……」

「何ですか」

「いえ、すみません。これ以上答えられません。あとは明日、法廷で」

「あなたは自分の証言を聞くようにりさ子さんに言っていたようですが、梶塚さんの本性を伝えたいのですね」

「……」

仁志はもう何も答えそうにない。

「先ほども言いましたように、明日のスケジュール的にはりさ子さんはあなたの証言を聞くことが出来ません。順番を変えてもらうように検察官に話した方がいいですよ。もしくは、検察官に当日電話して、よんどころない事情で遅れるからと伝えたらどうですか」

水田はアドバイスをして、アパートを辞去した。

## 4

翌日、午前十時。

法廷に中本裁判長が入って来て、開廷を告げた。

「裁判長、橋本仁志証人から遅れるという連絡がありました」

出島検事が告げた。

「どのくらい遅れるのですか」

「一時間ほどかかると言っていました」

「そうですか。では、次の予定の証人は来ていますか」

中本裁判長は水田に顔を向けた。

「はい、来ています」

「では、弁護側の証人の吉高りさ子さんから始めましょう」

水田は、仁志が自分の意見を聞いたのだと思った。

りさ子が廷吏に連れられて、証人席までやって来た。りさ子は何か問いたげな顔つきで修一に顔を向けたが、すぐに中本裁判長に顔を戻した。

人定質問と証人の宣誓を終えて、水田が立ち上がった。

「梶塚さんと交際を開始されてから、今に至るまで嫌な思いをしたことはありますか」

水田が尋問を始めた。

「いえ、一度もありません」

りさ子が大きな声で主張した。

「栗林大樹からストーカー被害に遭ったのはいつからですか」

「去年の十二月頃です」

「どのような被害に遭っていたのでしょうか」

「初めは待ち伏せされたり、付きまとわれていました」

「栗林大樹は何が目的だったのでしょうか」

「私と彼を別れさせることです」

「彼というのは、梶塚さんのことですね」

「そうです」

りさ子は、はっきりとした口調で言った。

「ストーカーを始めたときから、あなたが梶塚さんと交際していることを知っていたのですね」

「はい」

「栗林には未練があるようでしたか」

「そのように思えました」

「それで、梶塚さんに嫉妬していたのですね」

「そうです」

「梶塚さんに、栗林からストーカー被害を受けていることをいつ伝えましたか」

「三月の終わり頃です。それまでに栗林のストーカー被害が段々と激しくなり、刃物を突きつけられるようになりました。その日、私が家に帰ると、修一が待っていました。それからふたりで食事をしているときにマンションのインターホンが鳴り、出てみると栗林がそこにいました。その時に、私は初めて栗林からストーカー被害を受けていることを修一に話しました」

「インターホンに出た梶塚さんはどうされましたか」

「栗林と話を付けようとしましたが、私が刃物を持っているからと止めました。それで、一一〇番通報して、その場は収まりました」

「それからも栗林のストーカー被害は続いたのですか」

「はい。それで、弁護士さんに相談してみようと思い、鉢山《はちやま》法律事務所へ伺ったのです」

「そうですか。ちなみに、鉢山法律事務所というのは私が所属している弁護士事務所のことです。私は吉高さんの弁護人として、栗林大樹に会いに行き、話をしました。それから、内容証明も出しました。その後に栗林大樹の転落事件が起きました」

水田は裁判官と裁判員に事情を説明して、

「この内容に間違いはありませんね」

と、りさ子に確かめた。

「はい、間違いありません」

りさ子は頷いた。

「あなたは栗林が帝都大で梶塚さんと話をしたことを知っていましたか」

「いいえ、知りませんでした。しかし、ちょうどその日、友人とお茶をしているところに、修一から電話がかかってきて、栗林が何かしてきていないかと心配していたんです。私が何もないと言うと、修一は安心したように電話を切りました。振り返ってみれば、あの時栗林の異常性に気が付き、修一は電話したのだと思います」

「それから三日後の四月十九日、あなたは何をされていましたか」

「夜から修一と会う約束をしていたので、午前中は掃除や洗濯をしていました。午後には美容室へ髪を切りに行く予定でした」

「四月十九日に梶塚さんと会うことは、いつ決めたのですか」

「四月十六日です」

「では、梶塚さんが帝都大で栗林と会った後ですね」

「そうです」

「四月十九日は、梶塚さんと連絡はしましたか」

「朝起きてから五分ほど電話をしました」

「その時の梶塚さんの様子はどうでしたか」

「特に変わりがありませんでした。夜に会う時のことなどを愉しそうに話していました」

「では、全く変わった様子がなかったのですね」

「はい、ありませんでした」

「あなたが現場に駆け付けたとき、どのような状況でしたか」

「栗林が落ちたとされる駐車場はブルーシートで覆われていました。修一はマンションの中にいるというので、入ろうと思いましたが現場検証の最中だからということで、エントランスで待っていました。しばらくすると、エレベーターから刑事ふたりに挟まれた修一が出て来ました。その時に私がプレゼントしたグレーのセーターを着ていたのを覚えています。それから、警察署へ連行されました。帰って来たのは夕方でした」

「取り調べの時の様子などを語っていましたか」

「はい。まるで、最初から自分が殺したと疑うようだったと言っていました。そして、逮捕されるかもしれないと心配をしていました」

「その翌日の朝に逮捕されたのですね」

「そうです」

「逮捕前、梶塚さんはあなたに何か言っていましたか」

「はい、無実だから信じてくれと」

「その言葉を信じましたか」

「信じています」

りさ子は答えるまで間があった。

「梶塚さんが逮捕されてから、面会はしましたか」

「面会をしようと試みましたが、許可が下りませんでした」

「どうしてでしょうか」

「警察の方は修一が証拠隠蔽の指示をしたりする可能性があるからだと言っていました」

「それをきいて、あなたはどう思いましたか」

「あんまりだと思いました。まるで、警察が意地悪をして、会わせてくれないのかと……」

りさ子は声を詰まらせた。

「警察や検察の取り調べに対して、何か言いたいことはありますか」

「無実の人間を捕まえて、罪をでっち上げるやり方は許せないと思いました」

りさ子は答えたあとで、嗚咽《おえつ》を漏らした。

「吉高さん、大丈夫ですか」

水田は心配してきいた。

「はい、大丈夫です」

りさ子は手で涙を拭って答えた。

「ありがとうございました。以上で主尋問を終わります」

水田は席に着いた。

りさ子は軽く頷いたあと、被告人席に顔を向けた。

ふたりは目を合わせたが、先にりさ子が目を逸《そ》らした。

「では、検察側。反対尋問をどうぞ」

中本裁判長が言った。

出島検事が立ち上がり、

「あなたは被告人とどのくらいの期間交際していますか」

と、きいた。

「九か月ほどですが、彼が捕まってから三か月間は会うことも許されませんでした」

「栗林大樹のストーカー行為をあなたはしばらく被告人に黙っていましたね」

「はい」

「なぜでしょうか」

「誰も過去に付き合っていた男からストーカー被害に遭っているということを聞きたくないと思ったからです」

「少しも相談してみようという気持ちにならなかったのですか」

「いえ、そういう気持ちになったときもあります」

「では、なぜ相談しなかったのでしょうか」

「やはり、自分の力で解決しなければいけないと思ったからです」

「あなたは被告人の性格をよく知っていますよね」

「はい」

「被告人が栗林に危害を加えると思ったから相談しなかったのではないですか」

「いえ、そんなことを思っていませんし、修一は危害を加えるようなことをする性格ではありません」

「栗林があなたのマンションを訪ねてきたとき、被告人は栗林に立ち向かっていこうとしたんですよね」

「はい。でも、それは危害を加えるつもりではなかったはずです」

「といいますと？」

「話し合いに行こうとしたんです」

「でも、相手は刃物を持っていたんですよね？　まともに話し合いが出来るとは思っていなかったんじゃないですか」

「いえ、彼は柔道をやっているので、相手を組み伏せて話し合いに持ちこむ自信があったのだと思います」

「しかし、栗林もラグビーをやっていましたし、被告人が思っていた以上に力が強かったのではないですか。それで、押さえつけることは無理だと思ったんじゃないですか」

「そんなことないと思います」

りさ子は、突っぱねるように言った。

「あなたは岡村優香の転落死のことを知っていましたか」

「いいえ」

「過去の女性のことを尋ねたことはなかったんですか」

「ありませんでした」

「どうしてですか」

「聞いてもあまり意味がないと思ったからです」

「聞けば、相手は答えてくれると思いましたか」

「はい。でも、過去のことは関係ありませんから」

「しかし、過去に三人の女性を妊娠させている。そういうことを知ってどう思いましたか」

「……」

出島検事がしつこくきいてきた。

「どうなんですか」

「異議あり」

水田は手を上げて、

「証人を精神的に追い詰めるような質問であり、いたずらに時間を浪費するだけです」

と、中本裁判長に訴えた。

「では、終わります」

出島検事が尋問を終えた。

「証人はご苦労さまでした」

中本裁判長が労《いたわ》ると、りさ子は証人席から立ち上がった。

廷吏が迎えに来た時に、

「傍聴席に案内してください」

と、水田は廷吏に伝えた。

続いて春日《かすが》署の土田《つちだ》将太《しょうた》巡査の証人尋問が行われたが、特に新しい証言はなかった。

いよいよ、りさ子の父親の出番になった。

「橋本仁志証人はもう到着されていますか」

中本裁判長が出島検事にきいた。

「来ているそうです」

出島検事が答えた。

「では、続けて検察官請求の証人尋問を行います。橋本仁志さん、入ってきてください」

傍聴席の後ろの扉が開き、橋本仁志が法廷に入って来た。グレーのスーツに、白い開襟シャツを着ており、髪はポマードできっちりと固められていた。

仁志は力強い眼差《まなざ》しで、傍聴席にりさ子がいるのを確かめるかのように見てから証言台の前に立った。それから、修一を一瞥《いちべつ》して中本裁判長に顔を向けた。

「お名前は？」

中本裁判長がきいた。

「橋本仁志です」

仁志は背筋をびしっと伸ばして、答えた。

「生年月日は？」

「一九六三年六月八日生まれです」

「住所は？」

「東京都足立区千住中居町二丁目十四番地二号中居町ハイツ二〇五号室です」

「職業は？」

「タクシー運転手です」

中本裁判長の問いに、仁志は堂々と答えた。

「では、まず宣誓書を朗読してください」

中本裁判長が指示した。

すると、廷吏が「起立」と声を掛ける。

法廷内の全員が立ち上がった。

「宣誓、良心に従って、事実を述べ、何事も隠さず、偽りを述べないことを誓います。証人、橋本仁志」

仁志は大きな声で宣誓書を読み上げた。

「宣誓書に署名押印してください」

中本裁判長に言われ、仁志は署名をしたあと、スーツの内ポケットから印鑑を取り出して、押印した。

「尋問に先立って注意します。宣誓書に則《のっと》り、証人が故意に嘘《うそ》の証言をしますと、偽証罪として処罰されます。ただ、証言を拒むことは出来ます。それを注意してください。

わかりましたか」

　中本裁判長が仁志に伝えた。

「はい」

　仁志は頷いて答えた。

「では、検察官はどうぞ主尋問を行って下さい」

　中本裁判長に促されて、出島検事が立ち上がった。

「被告人についての質問をする前に、確認させて頂きます。あなたは被告人の恋人である吉高りさ子さんの父親ということでよろしいのですね」

　出島検事が確認した。

「はい」

「苗字が違っていますが？」

「十五年前に離婚しまして、親権は元妻の方にあります」

「なるほど。吉高りさ子さんとの関係はどうなんですか」

「もちろん、私にとっては大事な娘です」

「親心というのはあるのですね」

「だから、彼女のことを考えて、法廷で証言するべきだと思い、やって来ました」

　仁志が太い声で答えた。

出島検事は少し間を置いてから、

「あなたは被告人を知っていますね」

「はい」

「どうして被告人を知っているのですか」

「自分が運転しているタクシーに、被告人を乗せたことがあります」

「いつの話ですか」

「今から二年前です。私は夕方になって飯田橋駅の近辺で若い男女を乗せました。男が北千住の駅に向かってくれと言いました。その男が被告人の梶塚で、女性があとで大森聡美さんという方だと知りました」

「その時のふたりはどのような様子でしたか」

「大森さんは泣いて、梶塚に何やら訴えていました。全ての言葉がはっきり聞き取れたわけではないですが、女が妊娠して産みたいと言っているようでした」

「それに対して、被告人はどのように答えていましたか」

「俺は子どもが嫌いだからと言っていました」

「女は何か言い返していましたか」

「いいえ、言葉にならないようでした」

「あなたはそれを聞いていて、どう思いましたか」

「子どもが嫌いだなんて、本当に信じられない思いでした。暗に堕ろせと言っているように感じました」

「そのことに、強い憤りを感じた理由は何ですか」

「自分と元妻とのことです」

「そのことを話して頂けますか」

「はい。私は結婚してからしばらく子宝に恵まれなかったのです。元妻はふたりの間に子どもが欲しいと願っていたので、不妊治療を受けることにしました。病院へ行って検査をしてみると、私と妻の両方に問題があり、自然な形で妊娠をすることは難しいと言われました。そして、妊娠するなら体外受精か代理母出産のどちらかになることを告げられました。私たち夫婦はどうしてもふたりの血が通った子どもが欲しいと思い、体外受精を選びました。体外受精の費用は一回当たり五十万円程度で、一回で成功するとは限らないと言われました。自分たちの子どもを持つことが出来るならと思い、六回ほど試してみましたが、妊娠することは出来ませんでした。体外受精が失敗する度に元妻はショックを受けていました。元妻は出産するにしては高齢だったため、次で成功しなかったら諦めようと話していました。そして、七回目の体外受精で、幸いにも妊娠することが出来ました。その時は言葉では言い表せないほどの喜びで、元妻も心から嬉《うれ》しそうにしていて、本当に幸せでした。子どもを持つというのが、私にとってそれほど大切なことだったのに、まだ二十歳そこそこの男が無責任に暗に堕ろせと言っているのが腹立たしくて仕方ありませんでした」

　仁志が怒りを抑えながら話しているのがわかった。

　傍聴席に目を向けると、りさ子は食い入るように父親の姿を見つめていた。

「被告人と会ったのはその一度だけですか」

「そうです。でも、大森さんの方はもう一度乗せましたが」

「それはいつですか」

「五日後だったと思います。私は普段は早番でタクシーを運転しているのですが、金曜日だけは夜中に働くことにしています。その日は売上もよく、午前二時を過ぎたころに目標の金額に達していたので、早めに仕事を切り上げようと自宅の北千住の近くにある営業所に回送にして向かっていました。もう営業所が目と鼻の先にあるところで、若い女性が手を上げていました。回送にしていたので停《と》まる必要はなかったのですが、すぐにその女性が以前乗せた女性だと気が付き、乗せることにしました」

「その時、大森聡美はひとりだったんですね」

「そうです。行き先を聞くと、どこでもいいので高い建物があるところに行ってくれと憂鬱な顔をして言われました。私は彼女が自殺するのではないかと思いました。そして、車を走らせながら、この間乗せたことを告げました。それから、梶塚についての話をききました」

「大森聡美は、被告人についてどのように語っていましたか」

「今まで生活の全てが梶塚であり、彼から子どもは嫌いだと言われたときに、子どもを堕ろせと言われているようで、自分の全てを否定されたように感じたと落ち込んだ様子で語っていました。そして、その日の午前中に子どもを堕ろしたと言い、梶塚に認められなければ自分は生きている意味がないと涙ぐんでいました」

「では、大森聡美は本当に自殺するつもりでいたんですね」

「そうです。私は生きていれば、楽しいことがたくさんあると懸命に伝えたり、他にも良い男性がいるということを言いました」

「大森聡美に、その言葉は響いていましたか」

「私にありがとうございますと言ってくれましたが、私ひとりの説得では心配だったので、近くの交番に連れて行きました」

「なぜ交番だったのですか」

「とにかく、ひとりにさせてはいけないという思いと、お巡りさんであれば何か法的な相手の男との解決策を持っているのではないかと思いました」

「あなたは交番に連れて行ったあと、どうされたのですか」

「お巡りさんと一緒に彼女の説得に当たりました」

「大森聡美の様子はどうでしたか」

「明け方まで説得していると、少しは落ち着きを取り戻したようで、私がタクシーで彼女の自宅マンションまで送って行きました」

「それ以降、大森聡美とは会っていませんか」

「はい。ただ、何度か気になって彼女の自宅マンションに様子を窺《うかが》いに行きました。そして、一か月ほど経ったときに、彼女が自殺未遂を図り、一命は取り留めたが入院していることを知りました」

「あなたは彼女に対して、同情していたのですね」

「はい、梶塚が同じ男として許せないという気持ちもありましたが、大森聡美さんと自分の娘のりさ子を重ねて考えてしまいました。私はお世辞にも良い父親とは言えませんでしたが、娘には私のようなダメな男ではなく、ちゃんとした男性と幸せな家庭を築いて欲しいと離婚してから考えるようになりました。そして、娘と重ね合わせたときに、彼女が不憫《ふびん》でならないと思いました」

「では、実際に娘さんが被告人と交際していることを知った時にはどう思いましたか」

「まさか、あの男と付き合っているなんて信じられなかったのと同時に、怒りと恐怖を感じました」

「あなたがそのことを知ったのはいつですか」

「今年の一月です」

　仁志がそう答えて、一瞬間があった後、

「娘と会って食事をしたあと、娘を見張っているような怪しい男を見かけたんです。娘にきいてみたら、知らないひとと答えていましたが、私は不審に思い、娘と別れたあとにその男を探し出して、問いただしました」

　と、再び話し続けた。

　出島検事は意外そうな顔をして、

「その男は誰なのですか」

　と、きいた。

「栗林大樹でした」

　仁志が答えた。

「栗林はりさ子さんにストーカー行為を働いていた男ですよね」

「そうです。ストーカーを止《や》めさせるために近づきました。そしたら、栗林がとんでもないことを言い出しました」

「それは何ですか」

「りさ子が付き合っている男は二回も女を妊娠させて、堕ろさせるような酷《ひど》い奴《やつ》で、その男との交際を止めるように注意したかったと言っていました」

「あなたはその言葉を聞いて、どう感じたのですか」
「ふと、梶塚の顔が浮かんできました。そして、りさ子と付き合っている男の名前を聞きました」
「栗林は梶塚の名前を出しましたか」
出島検事は身を乗り出してきいた。
「はい。私は大森聡美さんが交番で梶塚修一という名前を出しているのを聞いていまし
たので、すぐに結びつきました」
「その後、あなたはどうしましたか」
「後日、栗林から詳しく話を聞くことにしました」
「栗林は何を語っていましたか」
「彼がりさ子と付き合っていたこと、そして栗林と別れてから梶塚と付き合うようにな
った経緯を聞くことになりました。そして、栗林から梶塚が岡村優香さんという女性を
妊娠させたことから自殺に追い込んだということも聞きました。さらに、もうひとり帝
都大の准教授の女性を妊娠させて、堕ろさせたことも伝えられました」
「あなたはその話を信じましたか」
「はい、あのタクシーに乗っていたときの様子から見れば、十分に考えられると思いま
した。同時に、りさ子のことが心配になりました。何とか梶塚と別れさせなくてはと言

うと、りさ子は完全に梶塚のことを信用しており、何を言っても聞く耳を持たないと栗林は言いました。そして、だから、自分には考えがあるとも言いました」

「その考えとは何ですか?」

「自分が梶塚に殺されたように見せかけて死ねば裁判になる。そこで、梶塚の本性を暴けば、りさ子も梶塚の呪縛から逃れられる。そのようなことを言っていました」

仁志が淡々とした口調でそう言った。

水田も驚きのあまり、自分の耳を疑った。しかし、裁判員や傍聴席もざわめきたっている。

りさ子は目を大きく見開き、口を押さえている。

出島検事は仁志を見つめたまま、言葉が出てこなかった。

「静粛に願います」

中本裁判長が注意した。

静かになるまで少し時間がかかった。

「栗林がそのような考えをあなたに伝えたからといって、実際に事件がそうであったとは限らないですよね」

出島検事が困惑したような顔できいた。

「いえ、彼は実際にそうしたと思っています」

仁志が大きな声で答えた。

「しかし、自ら死ぬなんて考えられませんが」

「栗林は失業中で、新しい仕事も見つからず、りさ子を梶塚にとられたとやけになっていました。だから……」

「わかりました。以上で終わります」

出島検事は慌てたように主尋問を終わらせた。

再び法廷はざわめきたった。

中本裁判長が鎮めてから、

「反対尋問の前に休廷します。午後一時から公判を再開したいと思います」

と、告げた。

仁志は目を瞑《つぶ》って、物思いに耽《ふけ》っているようだったが、すぐに廷吏が仁志のもとにやって来て、法廷の外に連れ出された。

水田の頭の中に、今まで疑問だったことが渦巻いていた。

なぜ、岡村優香の事件と今回の転落死が同じ葛飾中央警察署の管内で起こったのか。事件の一か月前に栗林が新小岩に引っ越してきたのはどういう理由か。窓に指紋がなかったのはなぜだろうか。

仁志の証言でこれらのことに説明がつく。

午後一時になり、中本裁判長や裁判員たちが法廷に入って来た。

中本裁判長が公判の再開を告げると、廷吏に導かれて仁志が法廷に入って来た。皆が仁志に注目している。

「では、反対尋問を行います。弁護人、どうぞ」

水田は立ち上がって、仁志を見た。

仁志はどことなく清々《すがすが》しい顔をしていた。

「あなたが栗林から聞かされたことを、本当に実行に移すと思っていましたか」

「いいえ、最初は大袈裟に言っているのだろうと思いました」

「あなたは、いつの時点で彼が本当に計画を実行したのだと思いましたか」

「実際に事件が起こった後です。翌日の新聞でそのことを知り、驚愕《きょうがく》しました。後で考えてみると、事件一か月前に葛飾中央警察署管内に引っ越したことや栗林に借金があったことを知って、計画を実行したのだと思いました」

「どうして、そう思ったのですか」

「あの時、栗林がこう言っていました。岡村優香の転落死と同じ管内で起こせば、それと結び付けて警察は捜査するはずだと」

「では、なぜ今まで警察にそのことを言わなかったのですか」

「梶塚が本当に殺したのではないかという思いが少しあったのと、やはり栗林が言うように梶塚の本性をりさ子に見せてやりたいので、最後に告げようと思いました」

仁志は訴えるような目で水田を見た後、裁判員にも顔を向けた。

「最後に何か言いたいことはありますか」

水田がきいた。

「私は梶塚を罪に陥れたいわけではなく、りさ子に彼の本性を知らせたいだけです」

仁志は首を縦に振った。

「以上で終わります」

水田は反対尋問を終えた。

それから、裁判長と裁判員が、水田と同じように栗林の計画についての質問を仁志にした。

仁志は全ての質問に対して、「栗林が望んだとおりの形になったと思います」と答えた。

すべての質問が終わると、仁志は法廷を後にした。

それから、被告人質問に入った。

「被告人は前に出てください」

中本裁判長は修一を証言台の前に来させた。

「何か意見はありますか」

中本裁判長がきいた。

「私は栗林大樹を殺していません。橋本仁志さんが証言していたことが全てだと思いますが、私が女性を妊娠させて堕ろさせたように言われていますけど、そんなのは出鱈目《でたらめ》です。栗林が私を嵌《は》めようとしただけです」

修一は興奮したように訴えた。だが、りさ子は冷めた目で修一を見ていた。

三十分の休廷に入った。


午後三時四十分、中本裁判長が入廷すると、傍聴席は静まり返った。

中本裁判長は厳かな声で、

「では、検察官、論告をどうぞ」

と、告げた。

出島検事は紙を片手に立ち上がった。

「論告を申し上げます。まず、訴因についてでありますが、被告人は、栗林大樹が恋人へのストーカー行為や、また自身に対する過去の追及をしたことにより、栗林大樹に強い反感を抱いていたことが証明された。被告人は栗林大樹の自宅マンションへ恋人の吉高りさ子さんの件で話し合いをするために訪ねたと主張している。しかし、被告人は栗林大樹から恨まれており、揉み合っている最中に殺意が芽生えたと考えるのが自然である。さらに、被告人が何度も交際女性に対し、堕ろすように指示したことにより、人間の命を軽んじていることも証明できた。これらのことから、場合によっては殺しても構わないと思って、栗林の自宅マンションへ訪ねたことは明白である。被告人は栗林の自宅において揉み合いになり、殺す目的で窓を開けた。そして、栗林を突き落とした。その後、急いで窓の指紋を拭き、その場から逃げ去ろうとした。もしも突き落としていなければ救急車や一一〇番通報をするはずである。以上のことから、被告人が殺意を持って栗林大樹を突き落とし、死亡させたことが証明できる。栗林大樹が恋人を脅していた経緯もあるが、それを考慮しても悪質と言える犯行で、よって、懲役十五年に処するのを相当と思料いたします」

出島検事は論告を終えると、一礼して書記官に論告要旨を渡した。

中本裁判長は出島検事に向かって頷いてから水田を見た。

「では、弁護人は最終弁論をお願い致します」

中本裁判長が言った。

水田は「はい」と答えて、メモを持って立ち上がった。

「結論から申し上げますと、梶塚さんの公訴事実に関しまして、従前の陳述を変更したいと思います。それは橋本仁志証人の証言により、事実が明らかになったからです。梶塚さんは恋人の吉高りさ子さんが栗林大樹に殺されかねないと思い、話し合いをするべく栗林の自宅マンションを訪れました。栗林大樹は橋本証人が述べたとおり、梶塚さんと吉高さんを別れさせたかったが、聞く耳を持ってもらえないため、自分が梶塚さんに殺されたことにすれば、裁判になり、梶塚さんの過去が晒《さら》されると考えていた。そのため、梶塚さんが部屋に入る前に窓の掃除をして、指紋を拭き取っていた。そして、梶塚さんと揉み合いになっているときに、窓に指紋が残らないように洋服の袖か何かで指をくるんで開け、梶塚さんが窓を背にすると、躱されることを分かりながらあえて突進した。そして、栗林大樹は自ら窓から飛び降りたのです。このことを裏付ける理由として、栗林大樹は事件の一か月前に新小岩に引っ越してきています。これは過去に梶塚さんと交際していた岡村優香さんを捜査した葛飾中央警察署の管内だからです。ここで事件を起こせば、警察は過去のことから梶塚さんが殺したと見て捜査することを狙っていたのです。さらに、窓に指紋が付かないようにすることで、梶塚さんが工作したのではないかと思わせました。この事件は全て、栗林大樹が梶塚修一さんを陥れるために仕組んだものであり、梶塚さんは無実です」

水田はこう述べると、一礼をして弁護人席に座った。

「それでは、判決は明日午前十時に下します」

中本裁判長はそう告げて、陪席裁判官と裁判員たちと共に法廷を出て行った。これから、評議に入るのだ。

翌日、判決公判が始まった。

修一は証言台の前に立ち、

「被告人に判決を言い渡します」

と、中本裁判長が言った。

厳かな空気が流れている。

「主文、被告人は無罪とする」

中本裁判長の声が法廷に響いた。

水田は安堵《あんど》したと共に、どこか複雑な気持ちに襲われた。

それから、中本裁判長は判決の詳細を語り始めた。

傍聴席に目を向けると、りさ子の顔は堅苦しいままであったが、どこか吹っ切れたように見えた。

5

裁判が終わると、りさ子は水田に礼を告げて法廷を後にした。だが、修一に対しては何の言葉もかけなかった。

水田は修一に近づき、これまでの苦労をねぎらった。修一の様々な裏の面が裁判で暴かれたが、彼は気丈に振る舞っていた。

「先生のおかげです。本当にありがとうございました」

と、修一に頭を下げられて、水田は東京地裁を出た。

少し先にりさ子と父親の仁志、そして母であろう女性の姿が見えた。仲が悪いと言っていたが、今は笑顔で話し合っていた。

彼らに近づこうと思ったが、文化新聞のポニーテールの若手女性記者が近寄ってきた。

「水田弁護士、勝訴おめでとうございます」

「ありがとうございます」

「色々お聞きしたいのですが」

と、いくつかの質問に答えてからは、用事があるからと言ってその場を離れた。

そして、りさ子たち三人がいる場所に歩いて行った。途中で、りさ子が水田に気が付いて、お辞儀をした。

父親と母親も水田に顔を向けると、頭を下げた。

「先生、昨日は大して答えられずに失礼致しました」

仁志が謝ってきた。

「いえ、橋本さんのおかげで事実がわかりました」

水田は笑顔で答えた。

「先生、本当にお世話になりました」

りさ子が続いて礼を言った。

「それより、気持ちの方は大丈夫ですか」

水田は心配してきいた。

「はい、裁判所を出た後はすっきりしました。もう彼のことは忘れます。そして、これからはまた家族三人で暮らすことになりました」

りさ子は喜びを顔にみなぎらせていた。

隣で両親もほっこりとした表情を浮かべている。

「そうですか。本当によかったです」

「そういえば、秋に私が出る舞台があるんです。先生も良かったら観《み》に来てください」

りさ子が思い出したように言った。

「是非、薫子《かおるこ》先生を誘って行きます」

水田は答えた。

「本当にありがとうございました」

水田はその後何度も礼を言われて、三人と別れた。それから、日比谷公園を通り、事務所に向かった。

今日はヒグラシの鳴き声も、どこか歓声が沸き上がっているように聞こえる。

鉢山法律事務所に着くと、所長の鉢山泰三《たいぞう》と薫子が笑顔で待ち構えていた。

「よくやった」

所長がまるで自分のことのように喜びを頬に浮かべて水田を労《ねぎら》うと、

「勝訴だったのね。お疲れさま」

薫子も目を細めて優しく言った。

「ありがとうございます」

水田はふたりに頭を下げてから、自分の席に戻った。そして、今まで調べていた栗林大樹の事件の資料を整理した。

ふと、事件翌日の新聞の切り抜きの写真が目に入った。

激しい雨の中、ブルーシートで覆われている現場の前に警察官や野次馬が溜まっている写真だった。

何げなくその写真を見ていると、端の方にビニール傘を差しながらカメラの方を見ている中年の男がいた。

その男の顔に、水田はあっと思った。

りさ子の父、橋本仁志だ。当時は仁志を知らなかったから気づかないのは当然だが、なぜここに写っているのか。

裁判では、現場にいたなど証言しておらず、事件翌日の報道で知ったと言っていた。考えられるのは、あえて言わなかったということだ。ということは、仁志は転落死が起こることを予想して、やって来たのだろうか。でも、そのことを隠していたのは……。

栗林大樹はりさ子を殺してから自分も死ぬと考えていた。それならば、修一が現れようが関係がないはずだ。それなのに、なぜ考えを変えたのか。

父親の仁志と会ったからではないか。

そう思ったとき、昨日仁志の北千住のアパートに行ったときに感じた疑問を思い出した。

りさ子の母親は、一度も修一と会ったことがないのに、散々悪口を言っていたのはなぜだろう。

そして、裁判が終わると今まで一度も会っていなかったという夫婦の仲が戻り、娘と三人で暮らすと言っていた。りさ子の母親は仁志から修一のことを聞いていたのではないか。そして、ふたりは全く会っていない振りをしていたのではないか。

栗林大樹の自殺を仕組んだのは仁志なのではないか。もともとりさ子とのこともあり、死ぬことに躊躇《ためら》いはなかった。

では、どうすれば栗林をそのように仕向けることが出来るか。

そして、ある考えに至った。

仁志は栗林と修一の両方を排除しようとしたのではないか。

君がりさ子を殺して自殺しても、何も残らない。かえって、恋人をストーカーに奪われた悲劇の主人公に、修一を仕立ててしまう。どうせ死ぬなら、修一の本性を暴いて、りさ子に翻意を促すために、修一の命を犠牲にした方が、りさ子の心の中にいつまでも君のことが残り続けるだろう。それこそ、君にとっては修一からりさ子を奪い取る最良の方法ではないか。

このようなことを栗林に言って、そそのかしたのではないか。

だが、あくまでも自分の想像に過ぎない。仁志を問い詰めても答えるはずもないだろう。このことを言えば、これから家族三人で幸せに暮らすだろうから、それに水を差すことになる。

ただ、人間としてこれでいいのだろうか。

自分の考えが間違っていないか。まだ未熟な自分にはわからない。

# エピローグ

燦々《さんさん》と輝く真っ赤に燃えた太陽が照り付け、道端の植え込みに鮮やかな向日葵《ひまわり》が咲いていた。

水田《みずた》は東千葉刑務所の門をくぐった。

接見室で、父親と向かい合った。

「しばらくだったな」

また一段と痩せた父が小さな声で言った。

「ちょっと担当している裁判が忙しくて来られなかったんだ」

水田は詫《わ》びるように言った。

「気にするな。俺のことはもういいから」

父は諦めたように言う。

「何言っているんだ。今からだって手掛かりを探そうと思えば」

「俺のことよりも、もっと困っているひとたちを助けてやってくれ」

父はぼんやりと無気力な顔をして言った。

「父さんのことは放っておけないよ」

「今さら刑務所の外に出たいとも思わない」

「どうして？」

「お前たちに迷惑をかけ続けるのも辛《つら》い。ただ、お前と母さんが俺の無罪を信じてくれている、それだけで十分だ」

父はぽつんと呟《つぶや》いた。

「そんな気弱なことを言わないでくれ。絶対に冤罪《えんざい》は晴らしてみせるよ」

水田は励ますように言った。

「無理するな」

父が話題を変えるように、

「この間、母さんが訪ねてきて、お前の活躍ぶりを嬉《うれ》しそうに語っていた」

と、話した。

「そう……」

「表情が暗いけど、何か悩んでいるのか」

父は水田の顔を覗《のぞ》きこむようにしてきいた。

「事件のことでなんか引っ掛かることがあって」

「何なんだ」

「栗林《くりばやし》というストーカー男が自分を犠牲にして、ストーカー相手の恋人の梶塚《かじづか》を罪に陥れようとした事件だったんだ」

　事件の概略を話してから、

「梶塚を無罪に持っていくことができたんだけど、本当はストーカー相手のりさ子の父親が梶塚と栗林のふたりを排除するために起こした事件なのかもしれないと後で思うようになった。もし父親が現れなかったら、この事件は起こらなかったかもしれない。でも、父親がそんなことをするだろうかという思いもあって……」

　と、胸の内を語った。

「俺がもしその父親だったら、栗林を殺して、梶塚とは無理やり別れさせるだろう。やり方に問題はあるかもしれないが、父親というのは、子どものためなら何でもするものだ」

　父がそう言ったあと、少し寂しそうな顔をして、

「俺は何もしてやることが出来ない。だから、父親として失格だ」

　と、俯《うつむ》いて呟いた。

「そんなことない。父さんがいてくれるだけで励みになるんだ。だから、再審に向けて

頑張ろう。そして、また軽井沢で、家族で過ごそう」

水田は意気込んで言った。

「そうだな……」

顔を上げた父の口元に笑みが浮かんでいた。

仮想真実《かそうしんじつ》
朝日文庫

2020年5月30日　第1刷発行

著　　者　小杉健治《こすぎけんじ》

発行者　三宮博信
発行所　朝日新聞出版
〒104-8011　東京都中央区築地5-3-2
電話　03-5541-8832(編集)
03-5540-7793(販売)
印刷製本　大日本印刷株式会社


Published in Japan by Asahi Shimbun Publications Inc.
定価はカバーに表示してあります

ISBN978-4-02-264953-9
落丁・乱丁の場合は弊社業務部(電話 03-5540-7800)へご連絡ください。
送料弊社負担にてお取り替えいたします。